「大丈夫だ、可愛いぞ、ハーニャ」
宥めながら、体から強張りを解かせようと、のけ反る喉にねっとりと舌を這わす。

月《げっ》蝶《ちょう》の住《す》まう楽《らく》園《えん》

朝霞《あさか》月子《つきこ》

ILLUSTRATION：古澤《ふるさわ》エノ

月蝶の住まう楽園

LYNX ROMANCE

CONTENTS

月蝶の住まう楽園

ラインセルク公国首都。穏やかな陽光が降り注ぐ国立図書館の緑と花に溢《あふ》れる中庭で、椅子に座ってお気に入りの本を膝《ひざ》に乗せて熱心に読んでいたまだ幼い子供は、「わんわん」という仔犬の鳴き声に足元に目を落とし、「うわぁ」と明るい夕日色の瞳を大きく見開いた。

毛足の長い琥珀《こはく》色の犬が、長い尾を揺らし撫でてくれとでも言いたげに見上げている。思わず小さな手を伸ばし、よしよしと撫でていた子供は、

「リンジー。こんなところにいたのか」

いきなり掛けられた声にびくりと震えた。顔を上げれば、すぐ間近に立つ少年。自分はリンジーという名前じゃないのにと、他に誰か人がいただろうかとキョロキョロする子供の足元で、仔犬が高い声で「わん」と吠え、自分の存在を主張する。

それでようやく、呼ばれたのは犬の名で、犬の飼い主が自分たちの方へ歩いて来ていただけだとわかり、ほっと体から力を抜いた。

五歳の子供よりも十は年嵩《としかさ》の上等な衣に身を包んだ少年は、じゃれ付く飼い犬をあやしながら、子供と膝の上の本を交互に見て、水色の目をふっと細めた。

「世界の伝記イル・ファラーサ、か。難しいのを読んでるな。この本が好きなのか？」

「すき。ちょうちょがきれいだし、きしさまもかっこいいから」

「騎士様はイル・ファラーサって言うんだぞ。知ってるか？」

「しってるよ。イル・ファラーサさまはせかいのえいゆうで、大おんじんなんだよ」

「へえ、ちゃんと読んでるんだな」

褒《ほ》められて嬉しかったのか、子供は顔の前で両手を合わせて「うふふ」とはにかみを浮かべながら笑った。

「あのね、ぼくね、大きくなったらきしさまみたいになりたいんだ。おとうさまやにいさまたちははんたいするんだけど……」

「イル・ファラーサに入るってことか？　難しいぞ。たくさん勉強しなきゃいけないんだぞ。ちびのお前に出来るのか？」

「できるよ！　ぼくもイル・ファラーサになるんだ。そしておてがみをとどけるんだ」

勢いよく顔を上げた子供は、少年の上衣に目を留め、すぐに顔をぱあっと輝かせた。

「おにいさまのちょうちょもきれい。イル・ファラーサのひと？」

「蝶？　ああ、これか」

襟《えり》に着けられた家紋は蝶。確かにイル・ファラーサの紋も蝶だから似ていると言えば似ているが、あちらは羽そのものの形を模した細工で、こちらは石に彫られているだけだ。

「これは似ているけど違う。ほら、イル・ファラーサの蝶は羽が八枚あるだろう？　八枚の羽を持つのは月蝶《げっちょう》だけ。そして地上ではイル・ファラーサだけが持てるんだ」

「じゃあおにいさまは？　おにいさまのちょうちょはなあに？」

「これはな――」

柔らかな日差しの降り注ぐ首都の午後。少年と子供と一匹の犬の過去の思い出――。

「イル・ファラーサ・リュリュージュ支部。ここだあ……」

軽装というより他ない簡単な旅装姿で呟《つぶや》いた少年の名は、ハーニャ＝アーヴィン。王都に居を構える中流貴族アーヴィン家の四男である。旅行用の大きな革の鞄《かばん》を一つ、愛馬の背中に括《くく》り付け、先ほどようやくリュリュージュ島の門を潜《くぐ》ったばかり。

その島の中心部にあたるリュゼットの町の同心円状に円を描く形に作られた通りは、初めて島を訪れる慣れない旅行者に方向を間違えさせ易《やす》い。その単純だが迷い易い道の並びは、例に漏れずハーニャの足を何度か止めさせ、ほんの少し前に通りがかりの飴《あめ》売りに訊いて、やっと目的地へ辿り着いたところだ。

ようこそリュリュージュ島へ。

島を訪れた人々がまず目にするのは、歓迎の言葉を記した大きな扁額《へんかく》と石造りの門柱に彫られた八枚羽の蝶の模様だ。月神の伝令を務める使者の一種、月蝶である。

なぜリュリュージュ島が月蝶を紋として掲げるかには諸説あるが、一人の英雄が旅の途中で道標となる月蝶を遣《つか》わされたのがこの島だったからだというのが最も有力な説だ。その他に、月蝶がこの島で羽化し棲息《せいそく》しているからとも言われているが、定かではない。

そしてイル・ファラーサ。手紙を運ぶというそれだけを任務とする組織の名で、かつて和平を求めて、金髪と白い騎士服を靡《なび》かせて世界各国を駆け回った騎士の名に由来する。

一口に手紙と言っても種類は多く、単なる季節的な挨拶から果ては国家の転覆《てんぷく》を図ることも出来る重要書類まであって、取扱いが多岐に渡る分、危険度も増す。そのため、世界各国に支部を持つイル・ファラーサの局員の中には「色持ち」と呼ばれる等級が設けられ、危険度を示す色が封緘《ふうかん》に使用されていた場合には、その色以上の等級の局員しか運ぶことが出来ない。心技体のうち特に技量が伴う「色持ち」の局員は、全体のほんの三割程度に過ぎず、他のほとんどは無色無位のまま局員として終えるのが常でもある。

そのイル・ファラーサの支部の前に立つハーニャは、長旅で埃《ほこり》に塗《まみ》れた顔に満面の笑みを浮かべ、胸元をぎゅっと押さえた。

「ここが今日から僕の仕事場なんだ……」

それはもう感動の面持ち——綻《ほころ》び緩みきった表情で重厚な赤煉瓦《れんが》造りの建物を見つめる。

出入りする人々に不審な目で見られていることなど、まるでお構いなしである。それもそのはず、家族に隠れて三度受験し、やっとイル・ファラーサの局員になれたのだから、浮かれるなというのが無理というもの。

一度目は、単に受験年齢に達していないことに気づかず受験書類を提出し、審査の段階で落とされた。二度目は、書類審査には受かったものの、本選である実技と筆記試験の当日に、城で開催される式典に家族ともども出席する必要が生じたため、泣く泣く本試験を諦めざるを得なかった。

そして三度目の今年。無事に試験を終え、合格証を受け取った時の感激と言ったら！

「母様、父様、僕、イル・ファラーサに合格しました」

胸を張って伝えた時には、いつの間にそんなことをしていたのかと驚かれはしたものの、ほんの小さな頃からイル・ファラーサが大好きだったのを知っているだけに、一緒になって喜んで貰《もら》えた。難関と言われる選抜試験に受かった末息子の努力を素直に喜んでくれたのだ。だが、それも赴任先が首都から遠く離れたリュリュージュ島だと知る前までのこと。

「ハナ、考え直してちょうだい」

「王都ならともかくリュリュージュ島だと？　しかも離れて暮らすなんてとんでもない」

溺愛する末っ子をたった一人で家から離れた場所に住まわせるなんてと嘆き、慰留に努める家族全員を振り切って、やっと王都を出立《しゅったつ》出来たのが入所の期限として定められた日の三日前。こうなることがわかっていたから、結果が出るまで家族に内緒にしていたのだ。

従兄《いとこ》に兄たちの、伯父《おじ》や叔母《おば》に両親の説得を依頼し、愛馬を飛ばして何とかやって来て、無事に到着できたからこその喜びは大きい。

薄いミルクティ色の髪がさらさらと揺れ、明るい夕日色の瞳は、ただ月蝶の文様が記された扉を期待いっぱいの眼差しで見つめる。

中流貴族の四男として生まれ、年の離れた兄たちに大事に大事に育てられてきたハーニャが、王都の外に出るのはこれが初めてと言ってもよい。勿論《もちろん》、働くことそのものが初めての経験だ。

しかし、幼い頃に国立図書館館長の父親に連れて行かれた図書館で、イル・ファラーサを描いた絵本に出会ってから、ずっと強い憧《あこが》れを抱いて来た。

「イル・ファラーサ」

呟き、ただ佇《たたず》むこと四半刻。未だ扉の前から動こうとしないハーニャに痺《しび》れを切らした小柄な人物が、扉を蹴《け》るようにして開け放ったことで、漸《ようや》く止まっていた時が動き出す。

「そんなところにいつまで突っ立ってるつもりだ。通行の邪魔なんだよ。さっさと中に入れ、新入り」

イル・ファラーサ・リュリュージュ支部局長エン＝スティーシーは、今日から自分の部下になる少年に向けて不機嫌に言うと、扉の内側に向けて親指をくいと動かした。


「すみません、感動し過ぎちゃって……」

「俺が声掛けなきゃ、明日の朝まであのままだったろうな」

呆《あき》れの強い声で言うのは、焦げ茶の髪の美少年——にしか見えないエン＝スティーシーだ。淡い金の縁取りのある白い制服はハーニャと同じ、違うのは胸元につけられた徽章《きしょう》の色や数。その中の一つ、蝶の二対の羽を象《かたど》った飾りに嵌《は》めこまれた石の色は最高位を示す金。つまりエンは、大陸全土でも五指に入るほどの武芸の達人で剛の者という印だ。

（人は見かけによらないって言うけど、本当なんだ……）

ハーニャ自身、世間知らずなのとおっとりした性格の相乗効果から十九歳という年齢に見られないことが多いが、見た目はハーニャと同年代にしか見えないエンは、さらにその上を行く。事務方を担当している初老の男モリシンに「年齢の話は禁物ですよ。あれでエンさんは三十手前なんです」と聞かされた時には、驚いて目玉が落ちるかと思ったほどだ。

驚きは内に黙したまま、直立不動で待っていると、エンは引き出しから小さな箱を取り出し、ハーニャに差し出した。

「ほら、これがお前の徽章だ」

急いで蓋《ふた》を開けると、細い金で作られた蝶の羽を模した親指の爪ほどの飾りが、青い天鵞絨《ビロード》の台に鎮座《ちんざ》している。

「モリシンから制服を貰っただろう？　すぐに付けとけ。失《な》くすんじゃねぇぞ」

エンとの違いは石の有無で、これが無位と色持ちの差だ。銀には銀、青には青色の石というように、色によって石の色も区分けされ、誰がどんな等級を持ってるのか、一目でわかるようになっている。

最初は誰もが空位で、今後等級が上がって色持ちになれば、それに見合った石がイル・ファラーサ本部から送られてくることになる。

確かに徽章を受け取った印として受領証に署名をしたのを確認し、エンはにやりと笑みを浮かべた。

「ようこそハーニャ＝アーヴィン、リュリュージュ島へ。お前の働きに期待している」

そう言って差し出されたエンの手を、ハーニャはしっかりと握り締めた。

「よろしくお願いします」


「あら可愛らしい」

会計を担当するアンリエッタが初出勤の日に手を叩いてはしゃいだように、若干《じゃっかん》大きめの制服に着られている感じは否《いな》めないものの、ハーニャのイル・ファラーサとしての生活が始まった。初日はエ

ンと事務のモリシンとしか会わなかったが、翌日には五十名いる他の同僚も紹介され、元来の人懐《なつ》こさもありすぐに皆に打ち解けた。

副局長のトレジャー＝ホルダンはエンとは対照的な落ち着いた風貌の三十代前半の男で、いつもは多忙なエンの代わりに局内で采配をとることも多いという。優しげな細い目を持つホルダンは、島に来たばかりのハーニャにも優しく便宜を図ってくれるが、仕事そのものは行動範囲が広いだけで、さほど忙しかったり難しさを感じたりするものではなかった。

新人で無位のハーニャが扱える種類の手紙は、一番数は多いものの、危険は皆無で楽と言えば楽でもある。

リユリユージュ島は、中央大陸西部に位置するラインセルク公国首都の飛び地に当たる海に囲まれた島で、一年を通して穏やかで温暖な気候に恵まれる。彩り溢れる動植物や長閑《のどか》な風土で名高く、国内からは身分の高いものたちの別荘地として、国外からは保養や観光を目的として、多くの人々が訪れる地でもある。人口は約二万人とそう多くはないが、大半がのんびりと農業を営む中、街の中心には歓楽街もあり観光業を生業《なりわい》として営む者も多い。

繁華街で賑《にぎ》わう街を離れれば、すぐに郊外の農村地帯が広がる。新人のハーニャが担当するのは、そんな比較的のんびりとして人当たりもいい周辺部だ。範囲としては広くても、配る手紙の数は繁華街に比べれば多くなく、仕事しながら散歩をしているようなもので、愛馬に跨《またが》って農村風景を眺めながらの移動も楽しみの一つだ。

集配は一日に一度だけ。朝一番の便で届けられた手紙の束を午前中に種類によって区分けし、午後になると局員たちが馬に乗って颯爽《さっそう》と戸々へ配って回る。就任した日に誰にも会わなかったのは、全員が配達で出払っていたからだ。

慣れない宿舎での生活にも少しずつ慣れた。中流でも貴族は貴族。しかもハーニャは四人兄弟の末っ子で、家族や親戚たちにも可愛がられて来た、文字通りの箱入り息子だ。実家の物置の半分以下の広さしかない部屋にも、硬くて狭い寝台にも、宿舎で朝と晩に出される品数の少ない量だけはたくさんある食事にも、最初はかなり驚いて不安になったものだ。だが、生来の前向きな性格とおっとりした気性から馴染むのも早く、同僚たちとの共同生活にも仕事にも慣れた頃、ハーニャに一つの任務が舞い込んだ。

別荘地への配達である。

「別荘地って、確か丘の向こうの森を抜けたところですよね」

ハーニャが担当する郊外区域には、農家が集落を作る地域もあるが、一方で郊外ならではの閑静さを求めて建てられた別荘地も存在する。リュリュージュ島へ来て約ひと月。手前の農村まではよく出向くが、森から先はまだ行ったことがない。

「気が向いた時に使われるくらいで、人が住んでいない時の方が多いんですよ」

トレジャーは笑ってそう教えてくれた。ただ、寒い国の人たちが訪れる冬や、暑い国の人たちが避暑にやって来る夏は、別荘地や歓楽街はたくさんの人で賑わうのだという。

「ハナ君が行く別荘はちょうどひと月半前に人が入ったばかりだね」

事務のモリシンが帳面を捲《めく》りながら言う。別荘地の入退去の際には役所に届ける規則がある。揉《も》め事や配達する手紙や物資の行き違いが生じるのを避けるためで、そうして登録された名は、イル・ファラーサ支部にも知らされるのだ。

「所有者の名前はオービス様。首都から来られての滞在だ。貴族の方のようだけれど、ハナ君は知っているかい？」

「いいえ。お名前に聞き覚えはありません。でも、僕が知らないだけだと思います」

首都には多くの貴族が住んでいて、家名も様々だ。有名な貴族や諸大公なら覚えているが、その中にオービスという家名はなかった。父のケーニヒは社交的な方でそれなりに顔は広いが、図書館館長という職務上、交流を持っているのは主に学術関係者ばかりなので、貴族の知り合いも多いというわけではない。

これがもっと位が上の貴族の子供なら、幼少時から家名に加えて系譜まで叩きこまれているのだろうが、貴族の端に連なる程度のアーヴィン家の子供たちにそこまでの知識は求められておらず、ハーニャも兄たちも詳しくはない。

どちらにしても、別荘の所有者の名は把握していても、どんな理由で誰が存在しているのかまでは、噂話として流れてくる以外にはわからないのが普通だ。

「道はわかるかい？」

「森を抜ければいいんですよね」

「うん。とにかく真っすぐ小径を進めば別荘地が見えて来る。その中で、手前にある赤い屋根のお邸《やしき》だよ。今はそのお邸しか使われていないから、すぐにわかると思うよ」

「何か作法か礼儀は必要でしょうか？」

もしも高位の貴族なら、何かしら手紙を渡す時に気を付けなければならないことがあるのではと思ったハーニャだが、

「俺たちの仕事は手紙を渡すだけ。門を潜って扉を叩いて、出て来た人に渡す。いつもと同じだ。お前の家では特別な何か作法でもあったか？　なかっただろう？」

通り掛ったエンにそう言われ、なるほどとハーニャは頷《うなず》いた。アーヴィン家では手紙を受け取るのは使用人ではなくハーニャの役目で、その時にも何も考えずに、ただにこにこと手を差し出して受け取っていただけだ。それで局員もハーニャも咎《とが》められたことはない。

「ということで、行って来い」

「はい！」


「この道を真っすぐ行って、少し曲がった先にある赤い屋根のお邸。間違えてないよね」

ハーニャは愛馬の鬣《たてがみ》を撫でながら独りごちた。

今日の配達予定の他の手紙はすべて配り終え、残っているのは別荘宛《あて》の一通のみ。いつものようにゆったりと馬の背に揺られ、森が作り出す木陰の小径を進むこと少し、背後に森しか見えなくなった頃、開けた視界の中に赤い屋根の邸を見つけ、ほっと息をついた。

「あった、ここだ」

貴族たちの本邸にくらべれば小ぢんまりとした邸でも、一般の民の家に比べれば遥かに大きく土地も広い。常に人が常駐しているわけではなく、気が向いた時に使われることの方が多い別荘は、管理人が置かれることもあれば、手つかずで無人のまま置かれている場合もある。

前者は手入れが施されている分、すぐに使えるようになるが、後者の場合は入居する前に大々的な掃除を行わなければとても人が住めるものではない。そうして別荘地の管理や世話を仕事とすることで生計を立てる島民もいるくらいだから、別荘地における雇用の需要はそれなりに高い。

とりあえず開いたままの門の中に足を進め、背の低い灌木《かんぼく》の右手に広がる庭を横目にしながら、両開きの玄関扉の前まで歩いたハーニャは、すぐ横に掛けられた呼び鈴の紐《ひも》を引っ張った。

カランカランという軽やかな音色が遠く屋内に響くのが聴こえる。

「こんにちは。イル・ファラーサです。手紙を届けに来ました」

ついでにトントンと重そうな扉を叩いて待つこと暫《しば》し。

「——出て来ない……。留守なのかな？」

しかし留守にしては門は開きっ放しで不用心この上なく、歩いてくる途中で見えた建物の窓も開いているものがあったように思えた。人がいないわけでもなく、ただ気が付かなかっただけなのかと思い直し、ハーニャはもう一度呼び鈴を鳴らした。

手紙は受け取るべき相手に手渡しが基本だ。どうしても不在の場合には、扉の隙間に入れることもあるが、島では誰かしらが必ず家にいるもので、不在に当たったことは十日の間には一度もなかった。

何度鳴らしても出てくる気配のない住人に、

(これが初めての経験かあ)

ため息をつきながら、仕方なく手紙を扉の隙間に差し入れようとしたハーニャは、庭の方から聴こえたガサという音に手を止めた。

「庭？　外にいたから気が付かなかったのかも」

そうであれば問題は解決したも同然。馬を近くの木に繋《つな》ぎ、鞄を肩から掛け直すと、植え込みの向こうに見える庭に足を向けた。


思った通り、広い庭の一画には作業着風の簡素な上衣と下履きを着込んだ男が一人いて、菜園の前にしゃがんで雑草を抜いていた。

「こんにちは」

背中を向けている男にハーニャは明るく挨拶をした。呼び鈴が鳴ったことには気づかなくても、流石《さすが》に間近で声を掛けられれば気づくだろうと考えた通り、振り返った男は、イル・ファラーサの白い制服を着てにこにこと立つ少年を見て、

「誰だ、お前」

と眉を寄せた。顔の下半分は髪と同じ黒色の無精髭《ぶしょうひげ》に覆《おお》われ、水色の目はまるで薄く張った冬の氷のように冷たく、不審者を見るように鋭く眇《すが》められている。

(う……ちょっと怖いかも)

よくも悪くも箱入り息子。あまり嫌な視線に晒《さら》されたことのないハーニャは一瞬言葉に詰まったが、今の自分はアーヴィン家の末息子ではなくイル・ファラーサの一員として来たのだと思い直し、すっと姿勢を正した。

「イル・ファラーサです。リュリュージュ島支部の局員です。今日は手紙をお届けに参りました。何度か呼び鈴を鳴らしたんですけど、誰も出て来なかったから……。庭にいたのなら気づきませんよね」

にこにこと近づく少年に合わせる形ではないだろうが、胡散臭《うさんくさ》そうな表情をしながらも制服と蝶の徽章から本物だと信じたのか、男は立ち上がって少年を見下ろした。立ち上がるとハーニャよりも頭一つ高い男の顔を見上げつつ、薄い水色の封書を差し出す。

「お手紙が届いています。どうぞ」

ありがとう。

そんな言葉と共に受け取ってくれた人たちと同じ反応を期待していたわけではない。

だが、

「手紙？　ああ、その辺に置いておけ」

一瞥《いちべつ》しただけで見向きもされないとは思いもしなかった。当然、ハーニャは驚いた。

「え？　でも手紙ですよ？」

「そんなものは見ればわかる。そこらに置いておけば誰かが見るだろう」

「でも」

「俺が受け取らないのは都合が悪いのか？」

睨《にら》まれ怯《ひる》みながらも、ハーニャは正直に頷いた。

「そうです。この宛名の方《かた》、ジョーゼフィティ＝オービス様かお邸のどなたかにきちんと受け取って貰うまで、僕、帰れません」

本当は最初の予定通りに、扉の隙間に差し込むだけでもいいのだが、取りつく島のない男の態度にちょっと意地になってしまった。ただ、無人ではないとわかった以上、直接男に受け取って貰いたい気持ちは本当だ。

頑《がん》と言い張るハーニャを見下ろしていた男は、ふいと纏《まと》っていた空気を和《やわ》らいだものに替えた。そして言うのが、

「気が変わった。受け取ってやるから寄越《よこ》せ」

ハーニャは差し出された大きな手をじっと見つめた後、ふるりと首を横に振った。

「結構です」

「どうしてだ？　受け取って欲しいんだろう？」

「それはそうなんですけど、なんだかあなたに渡したら本当にその辺に放置されてしまいそうで……」

「――チッ、意外と鋭いな」

「やっぱり！　もう、なんで素直に受け取って渡してくれないんですか」

「そりゃあこっちの方が訊きたいぞ。大体《だいたい》、どうして手紙を受け取るのが前提になっているんだ？

必ずしも必要な手紙とは限らないだろうが」

「そんな手紙があるんですか？」

ハーニャの頭には、これまで出会った嬉しそうに喜んでくれる人の顔しか浮かばない。いつだって
どんな時だって、笑顔で受け取ってくれた。

「おめでたい奴だな。借金の督促《とくそく》や別れた女からの恨み辛《つら》みの籠《こも》った手紙なんか、街じゃ普通に溢れ
てるぞ」

「本当ですか？」

「本当だ。そんな手紙を受け取ってみろ、気の毒だろうが」

「それはそうかもしれないけど、でももしかしたら恋文かもしれませんよ」

元気よく提案したハーニャだったが。

「恋文？　それなら尚更だ。俺なら大切な手紙は白金で頼む」

などと鼻先で笑い飛ばされる。

「……じゃあ白金《はっきん》や銀の人が持って来たら受け取って貰えるんですか？」

「さあな。俺はオービス様じゃないからな」

「……」

堂々巡りである。

どうにも分が悪い。言い負かされて立ち尽くす少年に構わず、男は、再びしゃがんで、菜園に生えている雑草を抜き出す作業を再開した。他に緑の葉が何列も密集しているが、白い花が何なのかハーニャは知らない。

「ここに何が植わっているんですか？」

答えてくれないかもと思いながら、一応尋《たず》ねると、男は律儀にもちゃんと教えてくれた。

「早咲きの苺《いちご》だ」

立派な体軀《たいく》の男に苺とはまた似合わないものをと思ったが、逆に可愛らしいものが好きなんだなと思えば微笑ましくもある。

「お好きなんですか？」

「ああ」

頷いた男だったが、

「言っとくが俺じゃないぞ。ここの主人が好きなんだ」

すぐに言い訳のようなことを言う。子供のようなその様子がおかしくて、ハーニャは男に見えないようにこっそり笑みを浮かべた。

「別に誰が好きでもいいじゃないですか。苺は僕も好きなんです」

「お前も？」

「はい。苺はあの甘酸っぱさが何とも言えないですよね。初めて摘み立てを食べた時には感激しました」

ほんわりと、つい一緒になってしゃがみ込み、意外と話に乗って来た男と、どこそこの産のどんな種類の苺が旨《うま》いかを談義していると、庭に面した邸の大窓が開け放たれ、露台《バルコニー》に出て来た銀髪の長身の男が、並んで話し込んでいる二人を見て目を見張ったのが見えた。

「あなた方は何をしているんですか？　お一人はイル・ファラーサの方のようですが」

「あ。すみません。お邪魔しています」

庭に降り立ちゆっくりと近づいてくる男に、ハーニャは慌てて立ち上がり、頭を下げた。

「つい話し込んでしまって……」

「いえ、それは構わないんですよ。どうせそこの男も暇だったのでしょうから」

チラリと嫌味を言葉に乗せられて、男はふいと横を向く。その大人げない態度に苦笑しつつ、男には受け取って貰えなかった手紙を男へ差し出した。

「これを届けに来ました。ジョーゼフィティ＝オービス様宛です」

「ああ、それはお手数をお掛けしました。でもこれだけならその男に渡せばよかったのに」

「渡したんですけど、自分はオービス様じゃないからと言われてしまいました」

「俺は受け取ると言ったぞ」

「放置しそうだから駄目です」

ある意味息の合ったとも言える応酬に、銀髪の男は察するところがあったのか「なるほど」と頷いた。

「それはまた重ねて手数を掛けてしまって。この手紙は確かに私がお預かりいたします。申し遅れましたが、この邸の家令を任されているボイドと申します」

「ハーニャ＝アーヴィンです。この地区は僕の担当なのでこれからもお邪魔することがあるかと思いますが、宜《よろ》しくお願いします」

「こちらこそ、宜しくお願いいたします。あの失礼ですが、アーヴィンとは、もしやケーニヒ＝アーヴィン卿に所縁《ゆかり》の方ですか？」

「ケーニヒは父です」

まさかこんなところで、数多くいる貴族の一人にしか過ぎない父を知っている人物に出会うとはと驚くハーニャの返事に、相手の目も丸くなり、やはりと頷いた。

「私、一度アーヴィン卿の分類学の講演を聴きに行ったことがあるのです。あれはためになりました。今もまだ首都で図書館館長を？」

「はい。相変わらず本に埋もれてます」

「ご健勝そうで何よりです」

とりあえず家令のボイドとは友好的な挨拶を交わしたハーニャは、これでやっと支部に帰れると晴れやかな表情になった。

「次から手紙を持って来た時に私が不在であれば、その男に渡してください」

「でも」

ちらりと見た男は、二人の話を聞いているのかいないのか、素知らぬ顔をしている。

「お気になさらずに。仕事を与えなければさぼってばかりいるのだから、手紙を受け取るくらいのことはして貰わなくては。子供でも出来ることを大の大人が出来ないってことはありません。それに家令の命令は絶対です。そうでしょう？　庭師のジョージィ」

男は肩を竦めた。好きにしろということらしい。

「というわけで、どうぞよろしくお願いします」

確かに家令は主人の代理なのだから、身分の上下的にも庭師だという男が家令のボイドに従うのは道理だ。丁寧《ていねい》に頭を下げられて、庭師にしては尊大な態度の男を気にしながらも、ハーニャは「失礼します」と頭を下げて、別荘を後にした。


最初に手紙を届けて三日後にはまた別の手紙が届けられ、以降、あまり日を置くことなく手紙が届く度《たび》に、ハーニャは別荘へと足を運んだ。

二度目の配達の時に家令は在宅だったが、門の前でばったりと会った庭師に、

「またか……」

うんざり顔で言われ、歓迎されないことに寂しさを覚えたものだ。しかし、

「ジョージィさん、こんにちは」

いつも無愛想な男にも、何回も通って顔を合わせる間に慣れてしまった。

「実は僕の従兄がちょっとジョージィさんに似てて。だから意地悪や素っ気ない態度にも耐性がついているのかもしれません」

説明すれば家令には笑われたが、それくらい気楽な話が出来る相手になったというのは大きい。最近では手紙を届けることよりも、彼等と庭先で交わす会話を楽しみに通っている節《ふし》がある。

「なるほど。でもジョージィと似た従兄というのも強烈ではありますね」

「小さい頃はよく苛《いじ》められていました。それでも一番懐いていたのがその従兄なんです」

「可愛さ余ってというのもありますから、愛情の裏返しだと無意識に気づいていたのかもしれませんね。ということは、ハーニャさんはジョージィを嫌ってるというわけでもないんですね」

「僕、あまり気を遣うとかそういうのが出来なくて、だからジョージィさんみたいに、はっきり言ってくれてわかりやすい人は好きなんです」

至極《しごく》真面目に言うハーニャに、ボイドは膝を叩いて笑った。

「わかりやすい！　なるほど、それは確かにそうですね。気を遣うとか考えもしませんからね、あの男は。それで後から墓穴を掘ったことに気づくんです。ああ、なんだかすごく納得しました」

笑い上戸というわけでもなさそうなのに家令は、目尻に涙まで浮かべていた。反対に、座る二人から少し離れた場所で苗《なえ》の選別をしている男は、文句こそ言わないが不機嫌そうだ。

そんな男に、

「不器用なだけなんですよ、きっと」

ハーニャは笑いながら手を振り、手入れの行き届いている庭を眺め回した。

「ジョージィさんと言えば、この庭は全部ジョージィさんが手入れをしてるんですか？」

菜園以外にも、赤や黄色など色鮮やかに季節の花が咲き誇る花壇や植え込みがあるが、男が手入れをしているのを見たことがない。

「いえいえ、まさかそんなことは。庭と言っても本邸と違って大したものはありませんし、苗も他の農家が育てたものを譲って貰って植え替えただけで、庭師としてはまだまだ半人前なんですよ。その苺だけは気まぐれで世話をしているようですけれど、それくらいです」

「じゃあ庭の手入れは？」

「私が時々」

「大変なんですね、家令のお仕事って。僕はまだオービス様にお会いしてませんけど、お忙しい方なんですか？」

「忙しいと言えば忙しい、のでしょうか。今は他の仕事に掛かりきりのようですが」

「精力的で勤勉な方なんですね。別荘に来てまで仕事熱心なんて」

すごいとハーニャが褒めた途端、ボイドがぷっと吹き出し、ドスンという音がして、見ればジョージィが抱えていた肥料を足の上に落としていた。

「大丈夫ですか！　ジョージィさん、足が」

慌てて駆け寄ろうとしたハーニャだが、男は片手を上げて近寄るのを制した。

「――平気だ」

そして肥料を抱え上げくるりと背を向けてしまう男に、ハーニャは肩を竦めた。

「もう。心配してるのに」

「大丈夫、頑丈ですから。それに」

言ってボイドは、口を尖《とが》らせるハーニャにこっそり耳打ちした。

「あれは照れているだけで、気分を害したとかそんなわけじゃないですよ」

「本当？　嫌われてませんか？　僕」

「はい。わかりやすい男ですから、彼は。ちゃんと手紙は受け取るでしょう？」

確かに、ジョージィに拒まれたことは一度もない。ハーニャを出迎えるのはいつだってこの無愛想な男なのだ。最初は嫌われているのかとも考えたが、それなら顔を合わさずにいれば済むこと。そうすることなくハーニャが別荘に顔を出す時刻には、いつもすぐに目に入る庭か門の側など近くにいるのだから、少なくとも嫌われているのではないだろう。そう思えば、気分も楽で、寧《むし》ろもっと仲良くなりたいと思いさえする。

「いつか、ジョージィさんも僕に笑いかけてくれるかな？」

どこか大雑把《おおざっぱ》に見える手つきで、移植ごてを使って、苗を植える男の背に向かって呟くハーニャに、ボイドは小さく微笑んだ。


「今日はですね、搾《しぼ》りたての牛の乳を飲ませて貰ったんですよ！　それはもう美味《おい》しくって、ついお替わりまでしてしまいました」

「背を伸ばすつもりなら諦めた方がいいぞ」

「そうじゃなくて、搾りたては本当に美味しいんですよ。今度飲ませて貰いましょうよ」

「生憎《あいにく》俺はこれ以上背を伸ばす必要がない。お前と一緒にするな」

「背丈のことから離れてくださいっ」

またある日には、

「これ、鍛冶《かじ》屋のアンネリーから貰ったんです。花の栞《しおり》。一昨日、アンネリーの好きなリュサイへ手紙を届けたお礼なんですって」

「恋文か？　ませたガキだな」

「まだ五歳だから可愛いもんじゃないですか」

「五歳のガキが恋文？　冗談じゃなく？」

「今時それくらいで驚いていたら、手紙の配達はしていられませんよ。最近は恋のお手紙も多いです」

その結果がどうなるかは月神だけが知っていることで、ただハーニャは運ぶだけだ。彼らの想いが込められた手紙を。

「これは本土に住む娘さんからの手紙を受け取った粉屋のおばあちゃんから貰ったお菓子。甘くないって言ってたから、ジョージィさんも食べられますよ」

「菓子？　要らんぞ、俺は」

「まあそう言《い》わずに。食わず嫌いは勿体《もったい》ないですよ」

「おい、こら近づけるな！　——っ！」

顔を背けようとした男の口の中に無理矢理菓子を押し込んだハーニャは、男の「お？」という表情ににこりと笑みを浮かべた。

「ね？」

「これは……中に苺のジャムが入っているのか」

「当たり。外の生地もしっとりしてて柔らかくて美味しいでしょう？　今度は作り方を教えて貰うんです。そうしたら作ってジョージィさんにも持って来ますね」

拒否されても持ってくるつもりの宣言だったのだが、男は菓子をもう一つ取り上げて口の中に入れてから、言った。

「——俺の舌は肥えてるんだ。食えるものを作れよ」

途端にぱあっと輝くハーニャの顔。

「もちろん！　また作ってくださいって言うようなのを作って来ます」

他愛ないお喋《しゃべ》りに付き合ってくれるのだから、決して悪い男ではないはずだ。


午後のお茶の時間が、大体ハーニャが別荘を訪れる時刻だ。決められたわけでも約束したわけでもなく、ただそれが暗黙の了解になった頃、リュリユージュ島に久しぶりに大雨が降った。

常春と言っても決して年中穏やかな日ばかりではない。雨が降らねば作物は育たず、まとまった雨が午後の短い時間にザァーッと降っては虹を残して去って行くのは、長く島に住んでいれば珍しいことではない。ただ、ハーニャが島に来て初めて見舞われた大雨は、意外な効果をもたらすことになった。

翌日の午後。いつもの時刻に別荘を訪れたハーニャは、

「昨日の雨は凄かったですね。でも今日はこんなにいいお天気」

青空を指差しながら恒例となった手紙を二通差し出した。生憎と今日は家令が町へ出向いていて不在で、受け取るのは男しかいない。

「二通？」

男は訝《いぶか》しげに眉を寄せた。

「昨日の分と今日の分の二通。昨日は配達に出る前にあの大雨だったから、急ぎのもの以外は今日に回したんです。雨の中持ち歩いて濡れて読めなくなったら困るでしょう？」

「別に俺は困らないからいいけどな。それよりもお前、今も濡れてるな。今日は雨は降ってないだろう？」

「あ、いえこれは――」

ハーニャは気まずげに肩を竦めた。

来る途中にある小さな小川で、農家の子供が二人、遊んでいた硝子《ガラス》玉を川に落として探していたのに行き当たったのだ。そのまま素通りするには気の毒で、大雨の影響で水嵩が増した川の傍《そば》に小さな子供を二人残したままなのも気になり、結局川の中に入って拾い集める役目を負ったのはハーニャだ

った。

「お前も子供と変わらないくせに」

「失礼な！」

ぷうと頬を膨《ふく》らませたハーニャは、菜園の緑に手を伸ばし、実を付けたばかりの苺を摘《つま》み取り、意地悪を言う男の口の中に突っ込んだ。そして自分も口に入れ、

「酸っぱいっ！」

と顔を顰《しか》める。

「人の口に入れてから言うな！」

そして同じく酸っぱい顔をした男の拳骨《げんこつ》が頭の上に落とされる。

「痛い……暴力反対」

涙目で抗議するも、男はさも当然とふんぞり返る。これがハーニャを溺愛する家族なら、大慌てで謝罪されるところだ。

「今のは愛の鞭《むち》だ。喜べ」

「そんな愛は要らないです……」

未だ頭を押さえたままぶつぶつ文句を言っていたハーニャは、頭の上にパサリと落ちて来たものに首を傾げた。

「これ、ジョージィさんの手拭い？」

来た時に柵に掛けられているのを見た覚えがある。

「さっさと拭け。先に言っておくが汚れてないからな。まだおろしたての新品だ」

「そんなことは気にしてません」

「じゃあなんでそんなにじっと見てるんだ」

ハーニャは手拭いに落としていた目を上げて、ふわりと微笑《わら》った。

「だってジョージィさんが優しいから。あんまり嬉しくって感激してるところなんです」

「手拭い一枚で大袈裟《おおげさ》だな、お前は」

「大袈裟じゃないですよ。だって初めて優しくされたんだから。嬉しいなあ。ねえ、この手拭い、記念に持って帰ってもいいですか？」

「お前は……」

にこにこと嬉しそうなハーニャを見れば、本気で言っているのがわかるだけに、男は大きくため息を付き、

「持って帰っていいから、先に拭け」

と、手拭いを取り上げて、大きな手でハーニャの柔らかな髪をぐしゃぐしゃとかき回した。

「濡れてるのは体なのに……」

「さっさと拭かないお前が悪い」

男の手から手拭いを取り戻したハーニャは、新しいままで持って帰りたかったのにと言いながらも、素直に濡れた部分に押し当てた。

「で？」

「で、とは？」

男の短い問いかけに、きょとんと顔を見上げると、

「川で硝子玉を集めたくらいじゃ、そんなに濡れはしないだろう。他には何をしたんだ？」

話の続きを促され、ハーニャはぱちくりと目を瞬《またた》かせて小さく苦笑を零《こぼ》した。

「——意外と鋭いですね、ジョージィさん。実はそうなんです。その後、今度は犬の鳴き声がするんです。見たら山犬の仔が一匹、流れて来た流木と川の真ん中にある岩の間に挟まって動けなくなってしまってて。無事に助けられてよかったです」

えへんと威張った後、すぐにクチュンと小さなくしゃみが零れ出る。

「ごめんなさい、なんかくしゃみが……」

窺《うかが》うように見上げる男の表情は、案の定苦い。

「お前、もしかしなくても昨日の雨の中も出歩いたんじゃないだろうな」

「近所のと急ぎのは配達しましたよ。だってそれが僕の仕事だから。と言っても街の中の配達だけだからすぐに終わりましたけど」

そうしてまたクチュンクチュンとくしゃみをする自分を見る呆れた男に、なんだか居心地悪くなり、ハーニャは裾《すそ》についた土を払い落としながら「じゃ今日はこれで」と立ち上がった。

しかし、

「——あれ？」

くらりとしたものを感じ、そのまま体が傾いていくのを意識する。

（あ、倒れるんだ……）

どんな格好で倒れるべきか。前か後ろか。

呑気《のんき》にそんなことを考えていたハーニャの心配は、結局のところ杞憂《きゆう》に終わった。

トサリと体が倒れ込んだのは布地の上で、支えるのは自分のものではないもっと太く力強い男の腕。

（ジョージィさん？）

しっかりと抱き留められ、安心を感じたところまでが気力の限界で、ハーニャはそのままストンと意識を手放したのだった。


腕の中に倒れ込んだ軽い少年の体を抱え、ジョージィはどうしたものかと眉間に皺《しわ》を寄せた。こういう時に頼りになるボイドは、通いの使用人夫婦と一緒に町まで買い出しに出ており、誰も当てに出来るものはいない。

「とりあえず、寝かせるか」

とりあえずも何もそれしか出来ることが思い浮かばないまま、軽い体を腕に抱き、邸の中に入ると、手近な客間の寝台に少年の体を押し込んだ。

「濡れてる服を脱がせて、それから薬か？　いや、薬の方が先か？」

不幸なのか幸いなのか、物心ついてからこれまで、男は病気らしい病気をしたことがなかった。そればかりか、誰かの看病すらしたことがない。よって思い浮かべるのは、知人から聞かされた経験談だけ。後は書棚で埃を被《かぶ》っている医学書を捲れば何とかなるだろうという軽い考えの元、手っ取り早く、ハーニャの服を剝《は》ぎ取った。

「色気も何もないな、まったく」

寝台にいて服を脱がすという行為は当然男にとって初めての行為ではない。しかし、豊満な胸を持つわけでもなく、婀娜《あだ》っぽく色気のある目で誘うわけでもなく、そこにいるのはただ眠る少年だ。

靴を脱がせ、靴下を剝ぎ取り、濡れた上着を脱がせ、ズボンを下ろし……——。

威勢よくすべてを剝ぎ取った男の手が、そこで止まった。

「——」

白い敷布の上に横たわる全裸の少年。今まで戯《たわむ》れに男を抱いたことは幾度かあるが、目の前にあるのはそのどれとも違う。

白過ぎない程度の健康な細い体。荒い呼吸に合わせて上下する胸を飾る二つの淡く色づいた乳首。そのまま視線を下にずらせば、髪よりも少し濃い淡い色をした繁みと横たわる男の印。自身のものに比べれば、まだまだ子供だと笑ってしまいたくなるそれだが、どうしてか目が離せないのだ。

確かに表情も豊かで、整った容貌のせいか、妙に可愛らしく思うことはあるが、欲望の対象として意識したことはなかった。否、真っすぐに自分を見つめ懐く少年を、意識すまいと意図的に対象から追いやっていた。

思わず見入ってしまったことが癪《しゃく》に障ったわけではないが、悪戯《いたずら》に、ツッと指を肌の上に滑らせると弾力のある肌の手触り。つい吸い寄せられてしまった胸の突起を舐めれば、むずがるように体を捩《よ》

じらせながら、

「んんっ」

という声が漏れて来る。無意識だろうとは思うが、

「感じやすいのか」

男は単純にそう判断した。

白い肌は熱で仄《ほの》かに赤く染まり、それがまたどことなく情欲を誘うのだ。

何とかそれ以上の衝動を抑えた男は、ハーニャの体に布団を掛けると、滅多に足を運ばない厨房《ちゅうぼう》に入り、ゴチャゴチャと棚を漁《あさ》って、グラスに水を入れ、熱い湯で濡らして絞った手拭いを持ち、再び寝室に戻った。

意識を失うくらいだからかなり熱が高いに違いないとの予想通り、露《あら》わにさせて触れた額は熱を持っていた。また、少し離れていただけで先ほどまでは平常だった表情もやや苦しげなものに変わり、呼吸も荒くなっている。

「熱冷ましだ、飲め」

熱を冷ますための薬は、一応の備《そな》えとして邸に常備されているため、それを飲ませようとしたのだが、無意識のうちに咳《せ》き込んでしまって、粉薬を自力で嚥下《えんか》することが出来ない。となると方法は一つ。ジョージィは自分の口の中に水と薬を含むと、

「飲めよ」

少年の口を開いて、自分の口と合わせ、そのまま水と薬を押し込んだ。

「ん……ん……」

水は飲ませた。薬も飲ませた。通常ならここで終わりのはずだ。しかし、ちゅっという音を立てて唇が離れた後も、薄く開いたハーニャの唇はまだ欲しそうに薄く開いたままだ。

「まだ欲しいのか？」

水が。

言葉を続ける代わりに、男は再び水を口に含み、少年に覆い被さった。そして濡れた唇を指で拭えば、薄《うっす》らと開く瞼《まぶた》。

「もっと」

掠《かす》れた声に、ジョージィは水の入ったグラスを取り上げ、それが空《から》なのを見ると、不要かと思いながら持って来た蜂蜜入りの温めた赤葡萄酒が入っている杯を口元に宛がった。

「滋養にいいらしいぞ」

熱に効《き》くかは知らないが。

そんな言葉を飲みこんで注ぐと、コクリと動く喉《のど》。ただし、やはり半覚醒状態では加減がわからないのか、飲み干しきれずに薄く透き通った赤紫の滴《しずく》が口元から零れ、ツーッと喉へと伝い落ちて行く。白い体に走る一筋の赤い筋は、扇情的で艶《なま》めかしいことこの上ない。その上、

「まだほしい……もっとちょうだい」

熱で潤《うる》んだ瞳にじっと見つめられ、ジョージィはごくりと喉を鳴らした。今度は自らの口に甘い葡萄酒を含み、唇を合わせれば、喉を潤すものを貪欲に欲する少年の舌と唇。

「お前は……」

技巧的ではない。だが純粋に求めているだけの動きは、男の理性の糸を何本か切るのに十分だ。

病人の世話をするのに汚れた身なりではまずかろうと、ついさっき汚れた体を簡単に湯で落として来たばかりの男も、羽織り物の下には何も着ていない。そのまま布団の上に乗り上げれば、裸の少年を組み敷く形になり、どことなく気まずいながらも、ここまで来て据え膳を逃す気も止める気もさらさらない男は、そのまま己の欲に忠実に行動した。

「ん、はぁ……っ……」

くちゅりという艶めかしい水音は、二人が唇を合わせている音だ。布団の下では男の大きな掌《てのひら》が、少年の白く瑞々《みずみず》しい体を知ろうと、滑らかな肌の上を撫で回す。

相手が熱で意識が曖昧《あいまい》なのをいいことに、勝手にしている自覚はあるのだが、行き着くところまでいかなければ止まらないだろう熱を、男はとうに悟っていた。

「服を一枚脱いだだけでこうも変わるんじゃあな。まだ子供だと思っていたが」

清楚《せいそ》で禁欲的な少年は、裸になれば男の目を引き付ける真珠となる。舐めれば甘く、匂いは香《こうば》しく、吸い付いて離さない。

さすがに奥まで暴《あば》くという暴挙に出ないだけの最後の理性は保っているが、触れているうちに興奮を覚えた下肢は、既に高まり、より一層の刺激を求めて濡れている。少年の方は変わらずだが、やや頭をもたげて来ているのは、こちらも無意識の衝動に動かされているからだろうか。

そっと持ち上げ擦《こす》れば、硬くなるのは男の性。

「気持ちいいか？」

「ん……」

こんな清純そうな少年にも性の衝動があるのだなと場違いな感心をしながら、初々しい色をした少年のものを口に咥《くわ》えた。奉仕されることはあってもすることはない男にとって、初めて行う口淫ではあったが、躊躇《ためら》いを感じなかったのは、あまりにも欲とかけ離れた存在に見えたからかもしれない。

咥えてぴくりと震える体に気を良くし、強弱をつけながら吸い付くことを繰り返せば、はぁと零れる吐息と、簡単に訪れた絶頂。

口を離した瞬間に迸《ほとばし》ったハーニャの白濁に満足しながら自分の前を寛《くつろ》げた男は、取り出した自分のものを一気に擦り上げた。それは何もせずとも既に熱を持ち、さらなる刺激と解放の瞬間を望んで露を滴《したた》らせている。

眠る相手を餌《えさ》に自慰をするなど未だかつてしたことのない経験だからか、それとも少年がすぐ目の前にいる興奮からか、

「はっ……まさか、この俺が……」

膝立ちのまま、ただハーニャだけを見下ろし、何度も扱く。この体はどんなふうに男を受け入れるだろうか。中はどんなに熱く締め付けるだろうか。どんな顔で受け入れるだろうか。そして、どんな声で呼ぶのだろうか。

記憶の中で、幼い声が自分を呼ぶ。

それはすぐに、今の少年の声へと変わった。

（――ジョージィ――）

まさに夢現《ゆめうつつ》。頭の中で、微笑み、足を広げ、両腕を伸ばし誘われて、抗《あらが》う術《すべ》は男にはない。

想像するだけで一気に上り詰めた快感は、弾けるのも早かった。

「くっ……っ」

堅く反り返り赤黒く怒張した先端から精が迸り、横たわる少年の上に降り注ぐ。すべてを吐き出し息を継ぎながら、腹の上に白く零れたそれを指でなぞった男は、眠る少年に口づけた。

求め求められてこそ得られる最高の時。

汗で濡れた前髪をかき上げ、浮かべるのは笑み。

「俺をその気にさせたんだ。次は、すべてを貰うぞハナ」

そう囁《ささや》いて。

手早く身支度を整えたジョージィは、少年の体を丹念に拭い、また汗で濡れた額を拭き、冷たい手拭いを額に乗せて、自分も隣に体を横たえた。すぐに互いが寄せる肌の温度が交じり合い、ちょうどよいものに変わる。

そうしてしばらく腕の中に囲ったまま少年の容体を見ていた男も、島に来てから初めての吐精行為に疲れたとは決して認められないながら、心地良い疲労を無視することは出来ず、瞼も次第に下りて行く。

ハーニャは知らない。男が一晩ずっと寄り添って眠っていたことを。

抱き締めるように、大切に守るようにして見つめていたことを。

「この大莫迦《ばか》もんがッ！」

「いたいっ……！」

翌朝、一般家庭で朝食が終わるかどうかという早い時刻に、別荘に姿を現したのは、王都からの呼び出しを受けて昨日まで島を出ていたはずの上司、黒い馬に跨り颯爽と朝の森を駆け抜けてきたイル・ファラーサ局長エン＝スティーシーその人で、

「まだお眠りになっていますよ」

と家令に邸内へ案内されたエンは、豪勢な寝台ですやすやと気持ちよさそうに眠る部下を見た瞬間に、それはもう大きなため息を付き、その美少年顔を手で覆った。

「……重ね重ねご迷惑を」

そして起こした後の拳骨である。

「おい。いきなり殴るのは酷いだろうが」

そして本人が涙目で何も言えない代わりに抗議の声を上げたのは、腕組みして立つジョージィだ。つい昨日、苺の腹いせに自身も同じことをしたのを棚に上げている。

「酷い？　配達に行った先で倒れて寝込んで迷惑掛ける人間がどこにいる。体調が悪いなら悪いでしっかりと自覚すべきだろうが。それをやってない時点で非はアーヴィンにある」

「だが殴る必要はない」

「俺はいいんだよ。上司として当然の態度だ」

「部下は自分の所有物だとでも言うつもりか？」

「はっ。誰がそんなこと言うか。俺はな、アーヴィンの従兄に頼まれてるんだよ。一人前のイル・ファラーサになるために厳しくしてくれってな」

それまで寝台の中で他人事のように二人の言い争いを聞いていたハーニャは、寝耳の水のエンの発言と聞き逃せない呼称に目を大きく見開いた。

「エンさん、それ本当なんですか？　リスリカ兄様と知り合いって」

「おうよ。俺を誰だと思ってる。白金のイル・ファラーサだぞ。騎士団上層部と知り合いでも不思議じゃないだろうが」

そして今度は、ハーニャが口にした従兄の名にジョージィとボイドが反応する。

「騎士団？　騎士団のリスリカ……。ちょっと待て。それはまさかリスリカ＝リストベルネのことか？　あの自己中心的で冷酷で人を見下したあの？」

「さすがに奴の悪名は高いな。その通り、まさにその極悪非道のリスリカだ。お前、よく知ってるな」

横目で男を見上げるエンのどこか意味深な表情にむっとしつつ、ジョージィは「当たり前だ」と言葉を返す。

「首都にいれば嫌でも耳に入って来る名前だ。子供も動物も避けて通ると言われている男の名を知っていてもおかしくはないだろう」

「そりゃあそうだ。あいつの非道っぷりはここにいるアーヴィンがよく知ってるだろうからな」

「あの、つかぬことをお聞きしますが、以前従兄に似ていると言ったのは、もしやそのリストベルネ師団長のことですか？　家名が違うようですが」

家令の質問に、ちらりとジョージィに視線をやったハーニャは、こくりと小さく頷いた。

「兄様は母の妹が養子に出た先で嫁いだ子の子供なので」

「なるほど！　それならわかります。謎が解けた気分です。それなら理解できますとも」

いくら従兄に似ていると言っても、ジョージィに慣れるのがやけに早いと疑問に思っていたのだ。

「あの」という定冠詞がつく男と似ているのなら、それは耐性もあろう。

「で、でも、リスリカ兄様は優しい時もあるんですよ。イル・ファラーサを受験する僕を応援してくれたのも、ここに来ることが出来たのもみんなリスリカ兄様が協力してくれたからなんです」

「だからだ。あいつが首都を離れられない分、島で何かあれば全部俺の責任になっちまう。王都でもずっとお前の話ばっかりだったんだぞ、あいつは」

たまに気まぐれで優しいところもあるが、基本は意地悪で出来ている従兄を知っているハーニャは、渋面のエンに素直に謝罪した。

「それはすみませんでした……。従兄がご迷惑を……」

「いいか、ハーニャ＝アーヴィン。気を抜けばいつ何時《なんどき》何があるかわからない。仲良くなるのも親しくなるのも結構。だが、線を引く場所を間違えるな。お前は休日に倒れたんじゃない。イル・ファラーサとしての任務中に倒れて客に迷惑を掛けたんだ。そのことを忘れるな」

「あ」

オレンジ色の瞳がいっぱいに開かれ、そしてすぐに伏せられた。

「……ごめんなさい、エンさん」

しょんぼりと肩を落として俯《うつむ》くハーニャはどこか庇護《ひご》欲をそそられる存在ではあるのだが、生憎、ここに手を差し伸べてやろうという心優しい人間は一人もいない。いや、いることはいるのだが、矜《きょう》持《じ》が邪魔をして手を差し伸べられないでいた。それを知っていながら眺めているボイドは、心の中で「青いですね」と笑うだけ。

「ごめんなさい。本当にご迷惑をお掛けしてしまいました」

「いいんですよ、具合が悪くなった方をそのまま放置しておけるほど非道ではありません」

ほっと安心したハーニャは、エンに小突かれながら急いで身支度をし、ジョージィが引いて来た愛馬に跨った。昨夜はきちんと馬小屋に入れられ、新鮮な水と餌を与えられていた馬の機嫌はいい。

「大丈夫なのか？　ふらふらするようなら、馬車を出してもいいんだぞ」

「大丈夫です。この馬、僕と一緒に生まれて育ったから、僕のことをちゃんとわかって動いてくれる分、乗り易いんですよ」

「なら安心だな」

「ありがとう。心配してくれて」

「お前はどこか危なっかしいからな。ここを出た後、途中で馬から落ちれば俺の寝覚めが悪くなる」

言う横顔はどこか照れ隠しのようにも見え、ハーニャは「ふふ」と笑った。昨日抱き留めてくれたこともある。何より、ボイドが帰宅するまで世話をしてくれたのはジョージィしかいない。薄らと覚えている心地良い優しい手の温もりは、きっとこの男のもの。

「行くぞアーヴィン」

「はい」

元気よく返事をするハーニャに頷いたエンは、去り際にすっとジョージィの前に馬を寄せ、馬上から顔を寄せて言った。

「さっきも言ったが俺はリスリカからアーヴィンのことを任されている。手ェ出したら、お前の下半身が使い物にならないくらいに握りつぶしてやるからそのつもりでいろ」

「――合意の上だったら？」

はっとエンが嗤《わら》う。

「可能性はないと思うが、しかるべき手順を踏んだなら何も言わないさ。それから、これは首都からの伝言だ」

ここでエンは一旦《いったん》言葉を切り、表情を真面目なものに一転させ言った。

「ここの主《あるじ》に言っておけ。逃げるな、さっさと片をつけろ、だそうだ。これはイル・ファラーサとして正式に受けた伝言だ」

言いながらエンは、懐《ふところ》から小さな宝玉を取り出し、男に渡した。それは言伝《ことづ》てを確かに託したという証でもあり、必ず本人に直接伝えるのが原則の、銀と白金の所有者にしか出来ない伝達でもある。高い位になればなるほど、手紙という有形での意思の伝達に危険を伴うこともあり、そんな場合はイル・ファラーサそのものが声となり言葉を伝える役目を持つ。どんな拷問に遭っても決して口外しないことが大前提のそれを利用する人は多くはないが、まったくないわけではない。

「ここの主が噂通りの腑抜《ふぬ》けじゃないことを期待してるぜ」

ジョージィは受け取った宝玉に彫られた、伯母が持つ位を示す四枚の羽を広げた蝶の印章を見て、眉を潜めながらもそれを胸に仕舞い込んだ。

「ジョージィさん、ボイドさん。また来ますね」

明るい声と軽やかな蹄《ひづめ》の音が森の中に消えてからも、しばらくジョージィの目は森から離されることはなかった。


「……ごめんなさい」

格好よく颯爽と別荘を立ち去ったハーニャだったが、それが虚勢だったのは支部に辿り着き、馬から降りてすぐにふらりと倒れてしまったことからも明らかで、自分よりも小柄なエンに横抱きに抱え上げられるという屈辱を味わいながら、すぐに宿舎に放り込まれてしまった。その後、小一時間にも及ぶエンの説教を受けた後、ようやく眠りにつくことが出来たハーニャが完全に復帰を遂げたのはそれから三日後のこと。その間は外出はおろか宿舎から出ることまで禁じられ、部屋の中で首都から持って来た本を読んで大人しく過ごすしかなかった。

「お前は……」

診断は疲労と軽い風邪による発熱。

「仕事にも慣れて気の緩みも出たんでしょう。せっかくだからゆっくり養生しなさい」

トレジャー副局長に云われ、自覚を持てとエンに叱られたこともあり、大人しく寝台の中で反省するハーニャだった。

ただし、良いこともあった。

「わあっ、苺だ」

ハーニャ＝アーヴィン宛に届けられたのは、大きな籠《かご》にたっぷり盛られた赤い苺で、持って来てくれた別荘の通いの夫婦が、帰り際にボイドから頼まれたのだと教えてくれた。

「甘い……」

倒れる前に食べた時よりももっと熟《う》れて甘くなった果肉に、ハーニャの顔も自然に緩む。

「ボイドさんって言ったけど、でもこれきっと」

ジョージィさんだ。そう思った根拠は、二つ。一つは別荘に忘れたままだった手拭いが、籠に結び付けられていたこと。

「ちゃんと覚えててくれたんだ。嬉しい」

それから、もう一つは不揃いのままの苺の根元。菜園で作業をしているのを見ている間に気づいたのだが、結構大雑把なところのあるジョージィはいつも果肉がちぎれてしまうではないかというギリギリのところで摘み取ってしまう。そんな苺が沢山で、ハーニャは嬉しくなって、声を出して笑った。

「ジョージィさんらしい」

今度会った時に何と言おうか。もう少し上手《じょうず》に摘み取った方がいいですよ？　それとも、僕の方が上手に摘めます？　いやそれよりも――。

　とっても甘くて美味しかったです。

　笑顔で伝えるこの言葉がきっと一番彼に似合っている。


「もういいのか？」

「はい。ご心配お掛けしました。――あ、ちょっとジョージィさん」

　ぺこりと頭を下げたハーニャは、額に当てられた大きな手にびっくりした。

「もう熱はないようだな」

　それだけですぐに手は離れていったのだが、自分で触った額がまだ熱いと感じるのは気のせいだろうか。

「どうした？」

「いえ何でもないです。大丈夫です」

「そうか？　それならいいんだが。あまり無理するなよ。また倒れたら今度は放置だ」

「そこは優しく介抱しましょうよ」

「またあの上司に叱られてもいいのか？」

「……体調管理に気を付けます」

　優しくして貰って嬉しかったのにと呟くハーニャに、男はこっそり苦笑した。

「それより、僕が来なかった間もちゃんと手紙を受け取ってくれたって同僚に聞きました」

「ああ。俺の顔を見て怖がっていたがな」

「それは仕方ないですよ。だってジョージィさん、いつも仏頂面《ぶっちょうづら》なんだから。見た目がいいんだからちゃんとしてればいいのに」

「お前は怖がらないだろう？　だったらお前が配達するしかないな、ハーニャ」

頭に乗せられた手よりも、名を呼ばれたことに驚いたハーニャがそのオレンジの瞳を大きく見開いたのも一瞬、すぐに、

「はい！」

笑顔で頷いた。


「今日もまた手紙が来てる」

朝、仕分けられた手紙の束と地図を手に、今日の順路を確認していたハーニャは、このところ毎日のように届けられる「ジョーゼフィティィ＝オービス」宛の手紙に眉を寄せた。これまでも頻度《ひんど》としては高かったが、二日おき、或いは三日以上間を空けることが多かった。それが先日の大雨以降、ずっと毎日のように届くのだ。届けるのが仕事なので、毎回別荘まで届けに行くのだが、受け取る家令もジョージィもあまりよい表情ではなく、どちらかと言えば深刻そうなのが気にかかる。

（もしかして嫌な手紙？）

それならば、彼らの顔が深刻なのも納得できる。しかし、一概にそれだけとは言えないような気もするのだ。

「ハナ、行かないのか？」

同僚のミッキーに声を掛けられ、慌ててハーニャは手紙を上着の内ポケットに仕舞い込んだ。

「今から行きます！」

外に出ると既に同僚たちは馬に跨り、各々が担当する区域に向かおうとしているところだった。

「遅いぞ、アーヴィン」

「すみません。順路の確認に手間取りました」

「そろそろ地図なしで行けるようにならないといけないな」

笑いながらエンは、ハーニャの柔らかいミルクティ色の髪を撫で回した。

「エンさんは今日は行かないんですか？」

「今日は居残りで書類仕事だ。俺も外回りの方がいいんだけどな。仕方ない」

「書類仕事は局長しか出来ないですもんね。頑張ってください」

「おうよ。お前もな」

言ってエンは、ハーニャの馬の尻を軽く叩いた。ヒヒンと鳴いて抗議するが相手はエンである。何食わぬ顔で手を振りながら、彼は屋内へと戻って行った。

「さ、僕らも行こうか」

ハーニャは軽く手綱を握り、馬を促した。が、馬は歩き出そうとしない。

「どうした？　何かご機嫌斜めなことでもあった？」

横から顔を覗き込みながら撫でるも、馬はブルンブルンと鼻息を漏らすだけでなかなか歩き出そうとしない。

「エンさんにお尻を叩かれたのが気に入らないんなら後から謝って貰うようにお願いするよ。だから行こう？　帰ったらお前の好きな甘い砂糖をいつもより多くあげるよ。もしかしたら、ジョージィさんに頼んだら上等の砂糖を貰えるかも」

砂糖という言葉に馬はピクリと耳を傍立たせ、「本当？」というようにハーニャの顔を見詰める。

「本当本当。だから早く仕事を終わらせて帰ろうか」

仕方ない。もしも言葉を発するのならそんなことを言ったはずだ。

馬は主人を乗せて歩き出した。いつもより少し早足なのは、早く帰れば砂糖が待っているからなのか、それとも――。

馬が言葉を話せたなら、きっとこう言ったことだろう。

――何だか嫌な感じがするのよ、と。


出足は遅かったが、その後は順調だった。鶏小屋のゲンさんには今度新鮮な卵を分けて貰う約束をして、出稼ぎ中の恋人から帰郷する手紙を貰った牧場のマギーには抱きつかれてしまった。誰もが皆、手紙が届くことを待っている。中には悪い報せもあるが、音信不通よりもいいことだと笑って言ったのは、怪我をして騎士を引退し島に越してきたスオウの言葉だ。

「今日は早く配り終わったから、いつもより少し早めに別荘に着きそう」

鞄の中の手紙はもうない。後は上着の内ポケットに入れたままの手紙をジョージィかボイドに渡すだけ。空は青く天気も良い。初夏を感じさせる風も穏やかで、緑が程良い日陰を作り、散策には持って来いの環境だ。

「もしも菜園に苺が余ってたら貰って行ってもいいかな」

貰った苺で、約束した甘酸っぱい焼菓子を作って手土産に持っていくのも楽しそうだ。

「ジョージィさん、隠してるけど本当は甘いものも好きなんだよ。可愛いよね」

馬に話し掛けるハーニャは上機嫌である。倒れた翌日に見舞いを貰ってから、ほんの少しずつではあるが、ジョージィとの距離が近くなったような気がする。意地悪は相変わらずされるし、つっけんどんな対応もされるが、ちょっとだけ優しい言葉を掛けてくれるようになった。それによく頭を撫でられる。

「決めた。帰りに粉屋に寄っておばあちゃんに作り方を教えて貰おう」

ハーニャはそうしてのんびりと今後の予定を思い描いていた。

だがそれも、森の小径のちょうど中ほどに差し掛かるまでのこと。

「――蹄の音？」

背後から近づいてくる複数の馬の足音に、ハーニャははっと後ろを振り返った。曲がりくねった小径からはまだ姿は見えないが、音だけならもうはっきりと耳で確認することが出来た。その音は徐々に徐々に近づいてくる。

ハーニャは眉を寄せながら首を傾げた。この先にあるのは別荘地だが、支部で把握している限り、今から向かう赤い屋根のジョーゼフィティ＝オービスの邸以外に人は滞在していない。大きくはないが小さくもない町だ。しかも観光を資源にしてその温恵に預かっている人々は、島の外からやって来る人に敏感だ。その彼らの話の中にも一度とて他の人が別荘にいるという話題が出て来なかった。

「もしかして誰か急病になったのかも」

ボイドだろうか。ジョージィは見るからに頑丈そうだから、もしかしたら通いの夫婦のどちらかが怪我をして、医者か治安維持のために派遣されている警備隊が呼ばれたのかもしれない。

のんびりとした島には珍しい出来事だと、その時までハーニャは簡単に考えていたのだ。

そう、後ろから駆けて来てハーニャを追い抜いた馬に乗る三人の男が剣を抜き、自分の往《い》く手を遮る形で小径の前に立ち塞がるまでは。

「クラリッセ宛の書状を預かっているはずだ。その鞄を置いて立ち去れ」

顔半分を布で覆い隠した男がくぐもった声で指を差したのは、イル・ファラーサの仕事に使うために支給されている鞄だ。

白い制服に蝶の徽章。誰が見ても間違えようのないイル・ファラーサという身分と立場。そのイル・ファラーサの自分に求める要求が鞄ということは、目的は手紙ということになる。だが、ハーニャは無位の局員で、危険を示す色付きの文書を扱うことは出来ないし、実際に持ってもいない。事務方が確認し、仕分け担当が確認し、そして配達する本人が確認しと、三重の確認を経て支部を出て来たのだ。間違えようがない。

それに、たとえ求められたのが色の付いていない手紙でも、返すべき答えは決まっている。

「——渡せません」

鞄の中はすでに空で、一通も手紙は入っていない。しかし、だからと言って簡単に鞄を明け渡すことはイル・ファラーサの一員として絶対にしてはならないことだった。何があっても請け負った手紙を守り、届けるのが任務。たとえ危険に晒されたとしても、最善を尽くす責務がイル・ファラーサの局員にはあるのだ。

クラリッセ。そんな宛名の手紙は持っていない。だが、その名をハーニャは知っている。

ハーニャはもう一度はっきりと告げた。

「渡せません。僕はイル・ファラーサです。イル・ファラーサの誇りにかけて、渡すべき相手以外に渡すことは出来ません」

言いながら、腰に佩《は》いていた剣の柄にそっと手を掛けた。誰かと剣を交えるのは初めての経験で、しかも命が掛かっている。震える手が相手に見えやしないか、声が震えていやしないか、それだけが心配だ。未だかつて誰かを剣で傷つけたことのないハーニャは、剣の腕前も秀でているわけではなく、ただ嗜《たしな》み程度に扱ったことがあるだけだ。支部で訓練はあるものの、才能はないとエンに断言されている貧弱な腕前だ。

それでも。

ハーニャはもう一度、きっぱりと告げた。

「あなた方に渡すものは一つとしてない」

三人の男たちは顔を見合わせた。小柄でまだ少年の域を出ていない無位の局員の一人など、力でどうにでもなると考えたのだろう。それは、剣を手に向かって来たことから火を見るよりも明らかだ。

ハーニャはぐっと手綱を握る手を強めた。

「逃げるよ。頑張れ」

馬は、ブルンと鬣を揺らした。

「走れッ！」

ハーニャの掛け声に、くるりと向きを変えた馬は森の中を走り出した。別荘地に向かってではない。あそこにはジョージィやボイドがいる。そして通いの夫婦がいる。危険な目には遭わせられない。

ハーニャは駆けた。ただ人のいる場所へ、誰かしら人の目がある街道へと。そうすればきっと助けの手が入ると信じて。

通い慣れた森の小径を疾走する途中、すぐ近くでウオォーンッという獣の鳴き声が聴こえた。ちらりと振り返ると、木立の中から飛び出してきた山犬の群れが、男たちが乗る馬に襲い掛かっている。怯えた馬の脚は鈍り、ハーニャを追うのはただ一騎のみ。

追いすがる追っ手の剣が、ハーニャの背中を何度も掠めて過ぎる。白い上着に朱が走り、痛みに顔を歪めるが、手綱を握る手を休めることはしなかった。熱く、そして何かが背中を伝うのを感じる中、ただ痛みに耐え、そして馬を走らせるだけ。

「頑張れ！　頑張れ！」

自分に対してか、それとも愛馬に対してか。

怖くないと云えば嘘になる。死と直接対峙《たいじ》することの恐怖は、体を縛り動けなくするのに十分だ。それを振り払うように、念じるように何度も何度も呟くハーニャは、森を抜けて前方に見えた騎影に、ふと夕日色の目を見開いた。

剣を抜き、丘を駆け下りて向かってくる馬。そこでハーニャは意識を手放した。


イル・ファラーサ局員が襲われて重傷。

その一報を受けて搬入された施療院へ駆け付けたエンは、うつ伏せになり血塗れで治療を受けるハーニャの姿に目を大きく見開いた。すぐに駆け寄り、傍《かたわ》らに膝をつき、血が付くのも厭《いと》わず頬に手を当てる。

「アーヴィン、俺だ。エンだ。聴こえるか？」

薄らと瞼が上がり、露わになるオレンジの瞳にエンはほっとした。

「もう大丈夫だ。お前は助かる。——ん？　なんだ？」

微《かす》かに動いた唇に、エンが顔を寄せると、ハーニャは一度目を閉じて、それからわずかに聞き取れるくらいの声で言葉を紡ぎ出した。

「エンさ……上着に……手紙……あの人に……ジョージィさんに……渡し……ださい」

動かすのもきつい手が指差したのは、治療のために脱がされた制服の上着。その背は切り裂かれ、ハーニャの背同様血に塗れている。

エンが上着の内側を探ると、手紙が一通。倒れた時に出来た血だまりで汚れてはいるが、無開封のまま残されている。

「ジョーゼフィティ＝オービス。これが理由か……」

瞬時に襲撃の理由を悟ったエンは、きつく天井を睨み据え、それから瞼を閉じて大きく息を吐き、ハーニャの耳元で告げた。

「わかった。任せろ。俺は白金のエン＝スティーシー。請け負った仕事は必ず完遂してみせる。お前の代わりに、必ずあの男に届けてやる。だからお前は体を治すことだけ考えてろ」

「ありが……」

にこりと笑おうとした少年は、そのまますとんと意識を失った。だらりと落とされた腕と血の気を失った白い顔は、まるで生きているように見えず、思わずエンは声に出して叫んでいた。

「アーヴィン！」

慌ただしく駆け回る医師や薬師たち。エンは、受け取ったものをぎゅっと握り締め、それからきっと顔を上げた。これから向かう先はもう決まっている。


バキッという音が、静かな室内に大きく響き、ついでドンッガシャンッという物がぶつかって倒れる音が続いた。

「いきなり何を……」

邸の中で顔を合わせるなり、いきなり殴りかかって来たエンに、殴られたジョージィは顔と腹を押さえながら立ち上がり、睨みつけた。顔を殴られると同時に飛んで来た足で腹を蹴とばされ、そのまま書卓にぶつかって倒れるという無様な様を見せたが、元から頑丈な体は多少殴られたところでさほど被害を受けたわけではない。

「ガタガタぬかすんじゃねェぞ。テメエが甘いことやってるツケを払ったのは誰だと思ってる。これを見ろ」

言いながら、エンは手に握り締めていた封書を男の胸に押し付けた。

「これが何だというんだ」

「貴様の目は節穴か？　よく見てみろ。その手紙を。それでわかんねェなら、もう一発でも二発でもテメエの面に拳を叩き込んでやる」

「いつもの手紙だろうが」

言いながら、渋々受け取った手紙に視線を落としたジョージィは、その姿勢のまま硬直した。

「……これは……血か？」

「そうだ。それがお前が――お前たち大公家が払った代償だ」

怒りを含んだ低いエンの言葉に、ジョージィの目が見開かれる。

「まさか……これはあいつの血か？」

水色のはずの封書は、所々が赤く、または赤褐色に変色していた。それが何に因《よ》るものなのか、確認するまでもない。

「それをここに届ける途中で襲われた」

「！　あいつは……ハナは無事なのか?!」

「間一髪だ。観光に来ていた隊商が雇った傭兵《ようへい》が見つけて助けてくれた。山犬が足止めしてくれたのも大きい」

「山犬？」

「ああ、アーヴィンを助けた傭兵が言っていた。追手の何人かは森の中で山犬に襲われて足止めを食らっていたらしい。それがなかったら間に合わなかっただろうと言っていた」

ジョージィは小さく呟いた。

「山犬……たぶんそれは偶然じゃない」

「あ？」

「前にあいつが山犬の仔を助けたことがある。だからだ。だから、恩を返したんだ」

雨で増水した川で溺《おぼ》れていた仔犬を水に濡れながら助けた人間を、動物は忘れてはいなかったのだ。

「なるほどな、アーヴィンらしい」

ふっと表情を緩めたエンは、しかしすぐにまた険しい顔でジョージィを睨みつけた。

「アーヴィンは重傷だが命は取り留めた」

ほっとしたジョージィだが、続く言葉に眉間に皺を寄せた。

「イル・ファラーサの規約に則《のっと》り、王都及びクラリッセ大公家に賠償を請求する。併《あわ》せて、危険性を認識しながら最低限守るべき申請を行わなかった差出人に対して刑罰を申請する」

エンは自分の胸の徽章をトンと指差した。伝説の騎士と同じく、金の石が嵌めこまれた最高位のイル・ファラーサ。

「俺たちイル・ファラーサが運ぶ手紙に色を付けるのは、危険度を誰が見てもわかるように認識させるためだ。そしてそれに見合うだけの技量を持ったものが任務に当たるようにするための指標でもある。無色を赤が運んでも問題はないが、白金を無色が運んだ場合に生じた局員への重大な被害は、すべて差出人が負うことがイル・ファラーサ憲章によって定められている。これは各国すべてに於《お》いて普遍的且《か》つ正当な要求として認められるものだ。貴様たちはイル・ファラーサの局員を危険に晒し怪我を負わせるという、重大な規約違反を犯したことになる。処罰を受けるのは当然だ」

状況からの推察でしかないが、手紙には陰謀や企《たくら》みを告発する内容が記されていたのだろう。本来なら奪われる可能性を考慮して、銀あるいは紫の取り扱いが必要な文書のはずだ。実際、リュリュージュ支部にいる紫の位持ちであれば、三人程度の襲撃は簡単に撃退出来た確信がある。

「……」

「この八枚羽の徽章はな、見栄やちっぽけな矜持を得るために付けてるんじゃねえんだよ。命を守り、想いを届けるためにあるんだ」

手紙を守り、局員を守る。その根底にあるのは互いへの信頼だ。それが蔑《ないがし》ろにされるのであれば、イル・ファラーサという組織の存在そのものが揺らいでしまう。

「お望みなら、もう一発お見舞いするぜ」

小柄な体のどこにそんな力があるのだと思うほど、エンの拳の一撃は重く、蹴りは鋭かった。これがジョージィでなければ、受け身一つ取ることが出来ず、骨を折られ、施療院の世話にならなければならないところだ。

「俺はな、アーヴィンが楽しそうに通っていたから何も言わなかった。実際、これまでに何もなかったしな。その点で言えば、俺にも落ち度はある。責任を取って白金を返上してもいいし、局長を辞任してもいい。だがそれはあくまでも感情面での話だ。規約上、誰に非があるのかは考えるまでもない」

「……大公家」

「そうだ。そして大公家のそんな浅慮を野放しにしていた大公に責任がある。家長は一族すべてに対して責任を負うもの。違うか？」

「……違わない」

「だったらお前が何をすべきか、わかってるな？　この期《ご》に及んでまだグダグダお家騒動で揉めるようなら、俺がこの手で大公家そのものを潰してやるからそのつもりでいろ。リスリカをけし掛けりゃ一発だ。だから、前にも言ったと思うが逃げるなよ」

言うや否や、再び男の腹に重い一撃が撃ち込まれた。

「……ッ」

二度目の衝撃は、さすがに頑丈な男の膝を床につかせるのに十分な威力を持っていた。思わず腹を抱えて蹲《うずくま》るジョージィを上から見下ろし、エンは言う。

「もう一度言う。テメエが面倒臭がって逃げていたツケをうちのアーヴィンが払わされたんだ」

小柄な体から溢れ出るのは怒気と覇気《はき》。それがすべて床の上に膝をつく男に注がれている。

「ジョーゼフィティ＝クラリッセ。お前の為《な》すべきことをしろ」

「……」

それ以上もう何も言うことはないというように、エンはクルリと背を向け、部屋から出て行った。

座り込んだまま見送る形になったジョージィは、何も言わず、ただ遠くなるその背を見詰め、成り行きの一切を傍観していたボイドは小さく首を横に振った。


「――助けようという気はなかったのか？」

「私はただの家令です。主の命令がなければ動けません。第一、家令としてここにいる私にあなたは何を求めるんですか？」

「……奴の言う通りだな」

呟き、ジョージィは、床に胡坐《あぐら》をかいてハーニャが守り通した手紙を開封した。そして目を通しながら、ボイドに命じた。

「今までのを全部持って来い」

「畏《かしこ》まりました」

たかが手紙の一通だ。これくらい、欲しがる相手に渡してやれば傷つくこともなかったろうにと、少年の生真面目さを腹立たしく思うと同時に、イル・ファラーサに憧れて、少年を溺愛する家族の反対を押し切ってリュリュージュ島にやって来たのだと顔を輝かせながら語った姿を思い出し、彼らしいと思いもする。

『ぼくもイル・ファラーサになるんです』

あの日の少年はあの日のまま、ジョージィの前に現れた。そしてまたすっと胸の中に飛び込んで来た。

「俺は莫迦だ……」

掌で覆った顔。零れるのは深い後悔。

時が解決するだろうと楽観し、面倒事を避けて国主に丸投げし、腑抜けたふりをして、その結果何も知らない一般人を傷つけた罪は重い。エンは口には出さなかったが、首都の事情に明るいことを匂わせていたくらいだ、おそらくは最初から気づいていたはずだ。庭師のジョージィがクラリッセ大公本人であると。

届けられた手紙に押された花押《かおう》は横向きの蝶。このラインセルク公国で蝶を象った印を身に着けることが出来るのは、国主の一族だけで、数はそう多くはない。そして、横向きの蝶の模様はクラリッセ大公家のもの。ジョーゼフィティ＝クラリッセは、国主の甥《おい》であり、国の柱の一つである大公なのだ。

「責任を果たせ、か」

ハーニャが守り通した手紙には、首都での大公家の現状と、それからジョージィが島に籠る原因ともなった兄嫁とその弟の所業が事細かに記されていた。そして決定的な、甥が兄の子ではなかったという事実。

「確かにこれは奪いたくなるはずだ」

横領に不義密通。父から兄が受け継いだ大公位を、兄の急死によりその息子ではなく弟のジョーゼフィティが受け継いだことへの不満から画策された追い落とし工作。兄の種ではない不義でもうけた息子に位を継がせるため、義弟のジョーゼフィティが大公に相応《ふさわ》しくないとあらぬことを社交界で言いふらし、悲劇の女主人を装う。

そのあまりの卑劣さと愚劣さにうんざりして、家名を偽り、島に引っ込んでしまった。どうせ誰が見てもすぐにわかる信憑性の欠片《かけら》もない流言飛語の類《たぐい》、いずれ悪評も消えるだろうと、呑気に考えていた。

だが、のらりくらりと躱《かわ》される反応のなさに焦《じ》れた義姉一派が直接仕掛けてくれたせいで、何もせずとも自滅の道を進むことになってしまった。仕掛けられた男がではなく、相手が。

そして、巻き添えになったのがハーニャ＝アーヴィンだ。事を大きくしないために、敢《あ》えて、誰が見ても重要には見えない一般を装った文書。確かにそのほとんどは、急ぎではなくありきたりな首都の動向を知らせるもので、見られても構わない内容も多く、実際に目を通していない手紙がほとんどだ。相手もそんなジョーゼフィティの性格をわかっていて送り付けて来ているのだ。いつか男が動き出す助けになれば、と。

ハーニャは気づいていなかったかもしれないが、送られてくる頻度は高いが、手紙が出された場所は様々で、これで目眩《めくら》ましになると思っていた。今ではそれが愚かな行為だったと自覚している。出す場所は違っても、届く場所が同じなら、怪しまれて当然。認識が甘かったと言わざるを得ない。追い詰められた相手が、形振《なりふ》り構わぬ態度に出るなど、考えもしなかった。

イル・ファラーサの色にはちゃんと根拠と意味があるのだと、思い知らされた。大切な少年の生命を危機に晒した代償に。

すべての手紙に目を通し終えた男は、水色の瞳をすっと細めた。

「自滅などさせるものか」

放っておいても首都から追放されるだろうが、それだけでは腹の虫が収まらない。彼らはハーニャを傷つけたのだ。大公家だけの問題ではない。否、大公家の問題だからこそ、暗闇の中だけで処理してよい問題ではない。

「罰は甘んじて受けよう」

「あれ？　ジョージィさんだ」

重傷を負ったハーニャは、施療院への入院を余儀なくされた。斬られた背中の縫合や傷に伴う発熱もあり、三日間は意識が混濁した状態が続いたが、目覚めてからの回復は早く、今は枕を背凭《もた》れにして本を読んでいるところだった。だから、扉からではなく窓から入って来た男に最初は驚いたものの、それが自分の知る人物だとわかると、ほわりと顔を綻ばせた。一時白かった顔色も今は元通りに近い。

「ちゃんと扉があるのに何やってるんですか」

「あっちは駄目だ。警備隊に追い返された」

似顔絵でも出回っているのか、顔を見た途端に「貴様は通すなと言われている」と言われてしまったジョージィは、憮然《ぶぜん》とした表情で言った。誰が首謀者かはわかっている。あの小柄で横柄なイル・ファラーサ支部局長は、まだ怒りを継続中らしい。

「うわあ、ごめんなさい。僕の知り合いだって言っておきますね。だから今度からはちゃんと扉から入って来てください」

「そうしてくれると有難い。さすがに木登りは疲れる」

「体が大きいと困ることもあるんですね」

おどけたように言ってハーニャは、半分は労《ねぎら》いの意味を込めて深く頭を下げた。

「ご苦労様でした」

「いや、もう怪我はいいのか？」

「まだよくはないです。でも寝てばかりいるのも退屈だから」

ほらと差し出したのは今まで読んでいた本。

「ジョージィさんの菜園にどんな苺を植えればいいか、考えていたんです。ちゃんと世話をすればリュリユージュ島だったら一年中でも新鮮な苺が収穫出来るみたいで、そうしたらいつでも食べられると思って」

「苺？」

「はい。ジョージィさん好きでしょう？　それに、雑草と芽の区別も出来るようにならなきゃ。ジョージィさんってば、時々せっかく出て来た芽まで摘んじゃってたから。勉強して覚えてなきゃいけないと思って。一緒に勉強して、いっそのこと庭全部を苺だらけにしちゃいましょうか」

ハーニャは楽しそうに笑って提案した。

「お前は……」

エンのように責めていいのに、そんなことは口にしない。いつだって、いつまでも変わらず前向きなハーニャに、ジョージィは戸惑い、瞼の奥が熱くなる。

「あ、また顰め面してる」

涙を零すまいと力を入れたのを何を勘違いしたのかハーニャが口を尖らせ、

「莫迦」

と言いながら、ジョージィは寝着姿のハーニャを抱き締めた。怪我に触らぬよう、軽い羽毛を扱うようにそっと抱き締め、さらりとしたミルクティの髪に小さく口づける。

「お前が無事で本当によかった。手紙なんか欲しい奴にやってしまえばよかったんだ」

「それは無理です」

ハーニャは男から体を離すと、顔をしっかり上げて言った。

「僕はイル・ファラーサなんだから。渡すべき人以外に渡しちゃ駄目なんです」

それからふわりと微笑った。

「怪我はしたけど、いいこともありました。いろんな人がお見舞いに来てくれたんです」

あんたが届ける手紙を楽しみにしてる、と。施療院には来れない人たちも、見舞いの品と一緒に手紙を書いてくれた。渡す側だった自分が、毎日何通もの手紙を渡されて、たまらなく嬉しかった。

「それにジョージィさんがお見舞いに来てくれた。ありがとうジョージィさん。頬に痣《あざ》があるのは喧嘩でもしたんですか？」

ハーニャは手を伸ばし、男の顔に残る赤紫色の痣に触れた。その手の上に重ねられる男の大きな手。

「――お前はいつでも前を向いて立っているんだな」

何だろうと首を傾げるハーニャに、ジョージィは初めて水色の瞳を細めて笑い掛けた。

「お前はそのままでいろよ。俺が帰って来るまで」

「どこかに行くんですか？」

「首都まで」

「また島に戻って来ますか？」

ジョージィはそれに答えず、引き寄せたハーニャの唇に己の唇を重ねた。押し当て、軽く食《は》んだ唇はあの夜よりも柔らかい。

呆然とした夕日色の瞳を見下ろし、ジョージィは笑った。笑って一度二度と口づけ、それから唇を触れ合わせたまま伝えた。

「絶対にまた戻って来る」

ハーニャが我に返った時にはもう、男の姿は窓の外へと消えていた。

「――え？　今のなに？　え？　本当？」

唇はまだ少し温かく、男の匂いが残っている。

首都の家族からハーニャ宛に届いた手紙を渡すため、エンが病室に入った時、赤い顔をして背凭れにぐったりと体を預けるハーニャがいて、容体急変かと大騒ぎになったのを、口づけを奪って去って行った男だけが知らない。


「ハナちゃん、いつもありがとう」

「お孫さん、無事に出産出来てよかったですね」

農家の老夫婦に手紙を届けたハーニャは、真っすぐに森の小径を進んだ。見えて来るのは赤い屋根の邸で、今は通いの夫婦が管理を任されているだけの誰も住んでいない家。

ジョージィが病室に忍んで来た後、ハーニャが床を離れるまでにさらに半月以上も掛かってしまった。背中の傷が完治するまではと引き止められたのも大きいが、完全に動けるようになるまで入院と、エンが、というより首都の従兄が復帰を許可しなかったからだ。

それこそ毎日のように届けられる従兄からの手紙に、嬉しいと思いながらも「またか」と思う気持ちもあり、受け取りたくない手紙もあるという、男の言葉の意味が少しだけわかった気がした。

「本人がリュリュージュ島に行くと言っているのを、周りが全力で止めているそうだ。アーヴィン、面倒でも返事だけはこまめに書いてやれ。周りの連中のためにも」

笑うしかないハーニャである。

そうして渋々ながらも復帰を許された日、すぐにハーニャは別荘へ向かった。あれ以来一度も病室に来ない男に一言言ってやろうと思ったからなのだが、赴いた先は既に人が引き払った後で、半月経ってもまだ首都から戻って来ないのかと思い、呆然としたのを覚えている。

「お暇を出されたわけではないみたいだよ。菜園はそのままあんたが世話するからって言われてるし」

「菜園？」

夫婦は、笑いながら庭の片隅を指差した。

「何か植えてたよ。花が咲いた後はあんたに任せるって、庭師が」

いつもジョージィと喋っていた菜園に近づくと、茶色が多かった土の上は、緑一色で覆われている。

「新しい苺の苗だ」

たぶん本で見たものと同じ種類の、夏に収穫される苺だ。

ハーニャは傍に座り込んでそっと小さな葉に触れた。

「戻って来るって言った」

あの日、戻って来ると男は言った。それならば待っていよう。

「それから美味しい苺を食べて貰うんだ」

ハーニャはすっと顔を上げた。どこか遠くにいる男に想いが届けばいいなと願いながら。


それからさらに半月が過ぎた。ハーニャの傷も癒《い》え、背中は薄く桃色の線を残すだけになっている。

その間にハーニャがしたことは、通常の配達業務に加え、空いた時間に菜園の世話をするということくらいで、穏やかな日常がゆったりと過ぎて行った。

変わったことと言えば、頻繁《ひんぱん》にハーニャ＝アーヴィン宛の荷が届くようになったことくらいだろうか。

「ハナ、また例の奴から来てたぞ」

支部に戻ってすぐに掛けられた同僚ミッキーの台詞《せりふ》に、ハーニャは苦笑しながら事務のモリシンのところに行った。

「今日は何だったんですか？」

「夏用の掛布団が一式だったよ。宿舎に運び入れてある」

「もう……限度ってものがあるのを知らないのかなあ、あの人。お手数お掛けしました」

「なんの。毎回何が届くのか楽しみにしているんだよ、私も。何せ一番最初に届いたのが大物だったからねえ。ここに勤務して二十年で初めてのことだったから驚いたよ」

「……それはもう言わないでください……」

ハーニャが退院してすぐのことである。別荘から人が立ち去ったと聞いて少しだけ気落ちした気分で宿舎に戻ったハーニャを待っていたのは、狭い部屋の半分近くを占める立派な寝台だった。ボイドの名で届けられた寝台は、柔らかな羽毛がふんだんに使われたもので「傷に障らないように配慮しました」と短い言葉が添えられていた。確かに傷には障らず、優しい寝床ではあるのだが……。返そうにも返せず、まだ背中の傷を気にしていた時だったから有難く使わせて貰い今に至る。

その後は本や肌着や絵画など、全部飾ればどこの貴族のお邸かと間違われそうなくらいの品が送られて来た。さすがに部屋の中にすべてを納めることが出来ず、絵画や花瓶、置物などは宿舎や支部内に置かせて貰っている現状だ。

「一体どこの恋愛初心者だ、奴は……。浮名《うきな》を流していたっていう噂はどこに行ったんだ」

この贈り物攻勢にエンは苦い顔をし、

「アーヴィン、一度ガツンと言ってやれ。迷惑だと」

と文句を言うのだが、それに対してハーニャは、困ったように笑うしかない。たくさんの贈り物が送られて来て驚きはするものの、決して迷惑に思っているわけではないのだ。手紙の一つも寄越さず、他人の名を使って物だけを送りつける男は、きっと傍《はた》から見れば不誠実に見えるのだろう。だが、

「ぶっきらぼうで、無愛想な人だから」

こんな形でしか繋がりを持つ方法を知らないのかもしれない男の、精一杯の態度の表れだと思えば、無碍《むげ》になど出来ようはずもない。何よりも、ハーニャは嬉しいのだ。たとえ、使い途《みち》のないへんてこな形の人形の置物を贈られたとしても、繋がっているというその証拠でもあるのだから。

「極端から極端に走る奴だ。いい大人が子供みたいな真似をして」

エンにそう評されても仕方がないとは思うが。

「いいんですよ、ジョージィさんはあれで」

ボイドではなく自分の手蹟《しゅせき》で手紙を書くくらいのことはしてもいいのにと、残念な気持ちはなくもないが、それがあの男の性分だからと割り切ってしまえば小さなことだ。

そして日を置かずにハーニャは菜園を訪れ、日に日に育つ苺の世話をしながら過ごすのだ。

この苺が食べ頃になるまでに帰ってくればいいのにと。明るく眩《まぶし》い日差しを浴び、土に汚れた顔を笑みで埋めながら。


ハーニャが襲われた日から二か月後。夏の日差しが照りつける中、リュリュージュ島に渡る橋を四頭立ての立派な馬車が一台、それに荷車が五台通った。馬車の屋根の上部には蝶の文様が描かれ、国主所縁のものだと一目でわかる仕様だ。

「新しい総督が来た」

島の中はそんな話題で持ち切りだ。それまで五十年に亘《わた》って島を統治してきた前国主の従兄である総督が、年齢を理由に職を退きたい意向を示していたのは、島民の誰もが知っていたことだ。だが、後任を誰にするかが定まらず、引退を引き延ばして来た経緯がある。

「どんな方なんでしょうね」

「若くて素敵な人だったら嬉しいわ」

会計のアンリエッタはにこやかに笑う。

「でも若くて素敵な殿方だったら、この島は退屈に思われるかもしれないぞ。何しろ遊ぶ場所は歓楽街以外にはない町だ。海に出て船遊びをするか、森の中を散策するかしかないんだから、若い人には物足りないんじゃないかね」

「その辺、どうなの、ハナちゃん。若い人代表として」

「ええと、僕は好きでこの島に来たから。退屈なんてしてないし、楽しいところはたくさんありますよ。人も動物たちもみんなのんびりしていて、すごく楽しいところです」

お前はそんな奴だよなと、机に座って書類仕事を片付けているエンの表情が語っている。

「慣れないかもしれないけど、新しい総督にもこの島を好きになって貰いたいです」

エンは小さく「けっ」と言いながら鼻を鳴らし、副局長のトレジャーは上司の態度が意味することを理解し苦笑した。それから最後の書類に署名を終えたエンは立ち上がり、珍しくも正装用の外套を羽織り、扉に向かった。

「エンさん、どこかにお出掛けですか？」

「ああ。新しい総督の就任の式に立ち会わなきゃならん。今から総督府に行ってくる」

それからエンはにやりと笑って、自分より少しだけ上にあるハーニャの頭に手を伸ばし、髪をくしゃくしゃとかき回した。

「お前の要望はしっかり伝えて来てやるよ。この島を好きになってくれってな」

「えっ！　本当に言うんですか、総督に」

「ああ。言ってやる。就任祝いの言葉を考える手間が省けて助かった。感謝するぞアーヴィン」

「エンさん……本気で言うつもり？」

わははと豪快に笑いながら支部を出て行ったエンの姿を見送って、ハーニャは頭を抱えた。

「まあ気にすることはないですよ。局長は君を揶揄《からか》うことに楽しみを見出しているようですから」

トレジャーが、ポンポンと肩を叩いて慰めてくれるが、それはそれであまり有難くない事実だ。

しかし、行ってしまったものはしょうがない。黙っていれば美少年、それなりに気品もあるエンが新総督の前で猫を被ったままでいることに期待したい。

そう思っていたハーニャだったが——。

翌朝、出勤したハーニャは朝一番に局長の部屋に呼び出された。中に入ると真面目な顔にどこか不機嫌さを滲《にじ》ませたエンが座っており、何か不始末をしでかしただろうかと、昨日の行動を振り返る。上機嫌で出て行ったはずのエンが、一夜明けて不機嫌なのは新総督の就任の披露目の場で何かあったからとしか考えられない。

（もしかして、本当に僕の言葉を言っちゃった？）

そしてそれに対して総督が「馴れ馴れし過ぎる」と怒ったとしたら？

腰が引けながら、恐る恐る机に近づいたハーニャは、

「お前宛に預かって来た。総督からだ」

机の上にすっと置かれた封書を見て、目を見開いた。

薄い紫色の封筒に書かれた宛名は「ハーニャ＝アーヴィン」。そして大きくはっきりとわかるように貼られた封緘紙の色は金。

——恋文は白金で。それは男の言葉。

「最高の機密と安全性が求められるこの手紙を運べるのは、この島では俺だけだ。だから俺が預かっ

て来た。ハーニャ＝アーヴィン、受け取る意思はあるか？」

「――はい」

「それなら受け取れ」

受け取って、ひっくり返した封筒の裏に押された封蝋《ふうろう》は、青い横向きの蝶。この家紋をハーニャは知っている。新しく来た総督のもので、首都でも見かけたもので、それからずっと昔にせがんで見せて貰ったもので、それから――。

どうやって局長室を出たのか覚えていないまま、ハーニャは普通に配達の仕事をして、それから日課になった別荘の菜園に行き、そこで地面に座って、初めて封を開いた。

文章が、言葉が、声になってハーニャの頭の中に聴こえて来る。綴《つづ》られているのはただ一つの想いだけ。そして、

「ハーニャ、お前が俺宛の返事を届けてくれるか？」

最後に綴られたこの言葉。

「僕、無位なのに……こんな大切な手紙運べないよ」


その夜、何枚も書いては消してを繰り返し、実家から持って来た便箋が底を尽きかけた頃、朝に近い時刻になってようやく手紙を書き上げた。それから裏にアーヴィン家の紋で封蝋を施した。ミッキーにそわそわした態度を揶揄《やゆ》されながら宿舎の食堂で朝食を取り、支部が開く時間を待って中に入っ

たハーニャは、真っ先に局長室の扉を叩いた。

「アーヴィンです。エンさん、いいですか？」

「いいぞ。ていうかお前、その目。まさか一睡もしてないんじゃないだろうな」

「朝方少し寝ましたけど、眠そうな顔してますか？」

「眠そうなじゃなくて、眠ってる顔だ」

慌ててペチペチ自分の頬を叩いて眠気を覚ましたハーニャは、書き上げた封筒をエンの前に出し、頭を下げた。

「これに金の封緘紙が欲しいんです」

「――俺が運ぶのか？」

「……貼るだけでいいです」

上と下でじっと見つめ合う目。

エンは、やれやれと大きくため息を付くと、文箱から金箔《きんぱく》で作られた薄い封緘紙を取り出し、ハーニャに手渡した。

「無位が金を運ぶのは規約違反だ。違約金を取るぞ」

「払います」

即答したハーニャに、エンもさらりと返す。

「それなら後で請求書を回す。ついでに、アーヴィン。それはあくまでも通常業務の一環で配達するのであって、特例ではない。そのことを忘れるな」

「はい局長」

笑顔で答えたハーニャは、金の封緘が施された封書を大事に抱えて出て行った。

「さて、どのくらい請求してやろうか」

たとえそれがどんな金額になろうとも、請求される男は何食わぬ顔をして払うだろうことが目に見えてわかるだけに、少々面白くないと思いながら、エンは請求書に金額を書き込んだ。


ハーニャは愛馬に跨って、街の中心にある総督府を目指した。

白い制服が陽光を浴び、ハーニャのミルクティ色の髪を風がそよがせる。だが何よりも雄弁なのは、紅潮した頬と真っすぐに進む前を見詰める夕日色の瞳だ。

「イル・ファラーサのハーニャ＝アーヴィンです。総督に手紙をお届けに参りました」

広い廊下もふかふかの臙脂《えんじ》色の絨毯《じゅうたん》も、豪華な置物や彫像も今のハーニャには目に入らない。

「お待ちしていました」

大きな二枚扉の前に立っていたのは、剣を差し灰色の騎士服に身を包み、銀髪を撫で付けたボイドで、一瞬目を見張ったハーニャに小さく微笑みかけた彼は、開かれた扉の中に白い背中を押し入れて、そっと扉を閉めた。

背後で扉が閉められる音が聴こえたはずのハーニャだったが、目は正面に立つ人物だけを見つめていた。

「ジョージィさん……？」

そうだろうと思い、それからきっとそうだと確信してここまでやって来たが、目の前に立つ男はどう見ても自分の知っている庭師のジョージィではない。無精髭は綺麗に剃《そ》られ、手入れされているのなど見たこともなかった黒髪は整えられ、着ているものは、薄汚れた服とは違う、飾り紐が何本もついた裾が長く青い上等な貴族の服だ。変わらないのは、自分を見つめる水色の瞳だけ。

「久しぶりだな、ハナ」

「ジョージィさん、本人？」

「ああ、俺だ。ジョージィだ」

「……嘘だ」

「は？」

感動の再会を目論《もくろ》んでいたジョージィは、飛び込んでくるだろうハーニャを受け止めようと腕を広げた姿勢のまま固まった。

「お前、何が嘘なんだ？　まさか俺が偽物だとでも言うつもりなのか？」

非難に、ハーニャはきっと男を睨み上げた。

「だって、ジョージィさんがこんなに若いなんて思わなかったんだから仕方ないじゃないですか」

「……お前は一体俺を幾つだと思ってたんだ？」

「……四十の少し前くらい」

「二十八だ。俺は二十八歳だ。そのでっかい目玉は節穴か？　それともただの飴玉か？」

ハーニャはきっと男を睨みつけた。

「それはだって、ジョージィさんが悪いと思う。あんな格好してたら、誰だってもっと年を取ってると思うに決まってる」

「ほう？　ならお前は、その年食った男に口づけられてうっとりしていたガキってことだ」

「なっ、うっとりって……」

「事実だろうが。何度も強請《ねだ》ったのをちゃんと覚えてるぞ。なんなら今から再現してやろうか」

「そんなこと……あ」

ハーニャは唐突に思い出した。自分が熱で倒れた日のことを。あの日は確か別荘でジョージィの世話になって……——。

世話になって……なんだか気持ちよくなって……——。

——もっと……もっとちょうだい……。

「——恥ずかしい……」

ハーニャは思わず頭を抱えてしゃがみ込んだ。

「やっと思い出したか。俺は忘れたことはなかったぞ。あの夜のお前のことは」

「って言うか！　眠ってる僕になんてことをしてくれたんですか！」

「言っていいのか？」

「いえ！　いいです、いいです！　わざわざ言わなくても思い出しましたから！」

思い出せば赤面することの数々。もっと前に思い出していれば、こうして男の前にのこのこと顔を出すことはなかったかもしれない。

「そのことは！　忘れましょう。忘れて仕切り直しましょう」

「俺はそれでも構わないぞ。仕切り直しというからには、もう一度同じことが出来るということでもあるからな」

「そんな意地悪言うと、渡しませんよ、これ」

ハーニャは大事に持って来た封筒を男の前にちらりと振って見せた。

しかし、切り札に思われた手紙だが、金の封緘紙が貼られたそれは、却って男の機嫌をよくするだけのものでしかなかった。

「返事はそこにあるのか？」

何と書いたのかと、男が問いかけることも、何を書いたのかと、ハーニャが告げることもなかった。

大股で歩み寄った男は、その腕の中に手紙ごと小柄なハーニャを抱き締めた。

「好きだ、ハナ」

ハーニャはそっと顔を上げた。見下ろす水色の瞳は、初めて出会ったあの日と変わらない。

「――リンジー？」

「それは犬の名前だ」

リユリユージュ島で出会ってから今まで、話題にすら出たことのない名に、間髪入れずに答えた男に、ハーニャの笑みは深くなる。

「おにいさま？」

「他にもあるだろう？」

「じゃあクラリッセ大公様だ」

「――お前は驚かないんだな。お前の上司も驚いた様子はなかったが」

「それはそうですよ。だってエンさんも僕も知ってたから」

「知ってた？　俺が大公だって知ってたと？」

エンはともかく、ハーニャも？

ジョージィの寄った眉をハーニャの人差し指がそっと伸ばす。

「家紋を見ればすぐにわかります。ついこの間まで首都に住んでいて、クラリッセ大公のことを知らない人は貴族の中にはいません」

大公位を巡る家督争い。現大公の兄嫁である令夫人が起こした訴訟は、醜聞《スキャンダル》として社交界にも広まったものだ。どう収まるかを見ないでリュリュージュ島に赴任したが、まさかそこで当の大公本人に出会うとは思ってもいなかった。宛名も別荘の所有者もオービスだったから、その時には大公だとは思わなかったが、

「だって手が農作業をする人の手じゃなかったし、いくら半人前でも摘んだらいけない芽まで取ってしまう庭師なんていません」

泊まった日に部屋にあった調度品に描かれた紋は大公家の紋。それがわかれば早かった。

「それに庭師だと勘違いしたのは僕だし、ジョージィさんは最初から一言も自分は庭師だって言ってないんですよね」

ただ「おにいさま」だと気づいたのは、たった今だが。

「ジョージィさんは僕のことに気づいてたんですか？」

「アーヴィンの家名と図書館から思い出した。それにイル・ファラーサのことを話すお前の表情はちびの頃とまるで同じだったからな」

「もっと早くに言ってくれればよかったのに。でもどうして総督なんですか？」

「国主の命令だ。首都を騒がせた罰としてしばらく首都への出入り禁止を言い渡された」

「リンジーは？」

「島に連れて来た。後で会わせてやる」

「じゃあ——……」

まだまだ喋りたいハーニャの口は、男の指で塞がれた。

「続きはまた後だ。先に返事を聞かせろ」

「大公でも総督でも庭師でも、強引なのは変わらないんですね」

「それが俺だからな。それで返事は？　俺に惚れていると認めるんだろう？」

ハーニャは思案するように首を傾げ、それから背の高い男に屈むように手招きした。

「なんだ？」

こっそりと告げるつもりかと体を傾け耳を差し出した男だが、ハーニャが取ったのは別の行動だった。

「——」

しっかりと首に抱き着いて、重ねられた唇。

驚愕に見開かれた水色の瞳を見るオレンジの瞳は笑っている。

「――これでいい？」

「十分だ」

そして言う。

「だがまだ足りない」


月蝶の舞う楽園。

抱き合う二人の風に翻《ひるがえ》る白と青の衣は、まるで蝶が戯れているように見えた。

月蝶の夢

「今日もしっかり届けて来い」

リユリユージュ島支部局長エン＝スティーシーがよく通る声を出し、各々出発の準備をしていた局員たちは「はいっ」と明るく頷いた。

ハーニャ＝アーヴィンもその一人で、肩から下げた鞄《かばん》をポンと軽く叩き、愛馬に跨《また》がって白い雲がくっきりと映える青い夏の空を見上げた。

「今日も暑くなりそう」

朝のうちはまだよいが、日中はかなり気温も上がるようになって来た。簡単な色無しの手紙を運ぶハーニャは、重要な手紙を任されない代わりに、農村部を中心とした郊外の広い地域を担当しており、街の建物を歩き回るよりも長い距離を移動しなければならない。別荘地に向かう途中に森がある以外、ほとんどが太陽光を遮るものがないだけに、直射日光をそのまま受ける形になり、ここ数日で白かった肌も少し焼けて赤らんでいた。滅多に被《かぶ》ることのない制帽の庇《ひさし》や長袖の上着を着て日光を凌《しの》いではいるが、夏が終わるまでにはこんがり焼けてしまいそうだ。

「もう本当の夏なんだなあ」

ハーニャがリユリユージュ島に来て既に数か月。首都に住んでいた頃とはまるで違う暮らしに戸惑うことも多くあったが、自分が配る手紙を受け取る時の人々の笑顔を楽しみに仕事に励み、今ではすっかり島の一員だ。

仕事は、楽しい。とても楽しい。悲しい手紙を届けなければならない時もあるが、人の心を繋《つな》ぐ大切な手紙を届けるイル・ファラーサの仕事を選んで、本当によかったと思っている。

（それに、ジョージィさんにも会えた）

ハーニャの頭の中に浮かんだ水色の瞳と黒髪の男。ジョーゼフィティ＝クラリッセ大公。今はリュリユージュ島の総督として赴任し、忙しく立ち働く。

ジョージィのことを思い、つい口元に笑みが浮かんでしまうのはもう仕方がない。何しろ、二人は想い合う間柄なのだ。しかし、

（ジョージィさん……）

浮かんだ笑みもすぐに消え、夕日色の瞳に影が落ちてしまう。

想いを確認し合ったその日から、ハーニャは男に会っていない。赴任して来たばかりの男は忙しく、遠慮が勝ってどうしても会いに行くことが出来ないでいたからだ。加えて、ハーニャの方もまた忙しく、時間を見つけ出せないでいた。

島宛の手紙を運ぶ逓信《ていしん》馬車は、毎日朝と夜に重い袋の束を支部に下ろしていく。事務のモリシンを始め、仕分けに携わる職員たちの手は、ハーニャたちが出勤して来てもまだ止まることはない。

島に届く手紙の数が増えればそれだけ配達に掛かる時間も増える。到着する荷物の仕分けが間に合わない時には、午前と午後と同じ場所を回ることもあるくらいだ。それでもまだハーニャたち無色の局員はましな方で、色持ちはもっと忙しい。リュリユージュ島には、希少な白金《はっきん》の石を持つエン他、七名の色持ちが所属しているが、日頃はどちらかというと暇を持て余している感じのある彼らも、受け持つ色以外の手紙の束を抱え、休む間もなく配達して回っている状態だ。

喜々として外を駆け回っているのは、エンくらいのものではないだろうか。日頃から書類仕事より

も外に出る方が好きだと公言して憚《はばか》らないエンである。大量の手紙を抱える午前中は、部下たちと一緒に出掛けるのが常だった。そのエンの行先は、大抵が街の中心部であり、中でも赴任したばかりの総督宛《あて》の手紙を扱うことが多く、総督府へは頻繁《ひんぱん》に顔を出している。

（いいなあ、エンさん）

エンも男も不本意極まりない頻繁な顔合わせも、ハーニャにとっては羨ましいことこの上ない。

まだ暑さが本格的になる少し前、新しい総督として島にやって来たジョージィと再会した。その場で互いが互いをどう思っているかを伝え、好きだという想いを確認し合った二人。本来ならばずっと蜜月のような状態が続いていてもおかしくはないはずだ。

ところが実際の二人といえば、それ以降まったく顔を合わせていないのだ。もう二十日ほどになる。

勿論《もちろん》、ハーニャには会いたいという気持ちはある。再会したあの時には、男の方から会いに来るように仕向けてくれたことと、その場の盛り上がり――つまりは、その前の一か月ほど会えなかった反動と勢いから、総督府まで会いに行くことが出来た。

だが相手は大公。しかも総督で島の責任者。高揚していた気分が落ち着いた後でよくよく考えてみれば、ハーニャのような色無しのイル・ファラーサ局員が簡単に会える相手ではないのだ。

家柄も、国主に繋がりのある大公家と中流貴族のアーヴィン家とでは、格が違う。

再会し、口づけを交わした当日から翌々日までくらいは浮かれに浮かれ、

「その気持ち悪い笑い顔はやめろ」

とエンに呆《あき》れられるくらいだった。

しかしその気分も、仕事をし、宿舎で生活をしているうちに徐々に萎《しぼ》み、今では欠片《かけら》を残すのみになってしまった

確かにあの時、男と想いを伝え合った。好きだ——と。

ハーニャの悩みはそこにもある。

(やっぱりあれはなかったような気がする……)

思い返せばため息ばかりが出て来てしまう。もしも時間を戻せるのなら、あの時、抱き合って口づけした時にまで戻ってやり直したい気分だ。

情熱的な口づけは、初心者のハーニャには刺激が強過ぎたというのはある。遊び慣れた——とエンに言わせる——男の舌技は、まだ子供と同じハーニャの意識を攫《さら》うに十分なものだった。早い話、ハーニャにはそれが精一杯だったのだ。抱き締められて口づけられて、ただそれだけで幸せいっぱいになってしまった初心《うぶ》な少年は、男がその先を求めていることなど考えもしなかった。

寝室へ場所を移動して、立派な寝台に座って仲良く並んで口づけられて、うっとりとして。

体の芯底からポォッと熱くなり、実際に顔も赤くなっていただろう。

(知らなかったんだからしょうがないよ……)

口づけが終わり、熱い眼差しを自分に向ける男に、ハーニャはこう言ってしまったのだ。

「よかった、ジョージィさんに会えて。じゃあ僕、帰りますね」

と。

「——帰る、だと?」

「だって、まだ僕はまだ仕事中です。エンさんにも勤務中なのを忘れるなって念を押されたし、早く帰らなきゃ叱られてしまいます」

当たり前のことを何で今さら尋ねるのかと不思議に思ったハーニャだったが、男にしてみれば、反対の意味で「当たり前」のことをハーニャがしてくれないことに呆気に取られたことだろう。

熱い視線の意味も、どうして不機嫌な顔になってしまったのかも、今ならわかる。宿舎の食堂で「やっと想いを遂げられてよかったな」と、朝帰りした友人のために祝杯を挙げる同僚の会話を聞いたことで、男が口づけ以上のことを求めていたのだと気づかされたからだ。いくら慣れていないとはいえ、場の空気を読まないにも程がある。

（帰っちゃいけなかったんだって、知らなかったんだからしょうがないじゃないか）

絶句してしまって何も反応を返せない男の様子を肯定だと受け取って、機嫌よく総督府を出て行ったハーニャは知らない。

その後、リュリユージュ島新総督クラリッセ大公が、般若《はんにゃ》の形相で何度も何度も布団を殴りつけたことを。

道理で、意気揚々と支部に戻って来たハーニャを見て、エンが不思議そうな顔をしたわけだ。

「早かったな」

と。

「はい。手紙は無事に渡せました。ありがとうございました、エンさん」

「あ、ああ。よかったな、役に立てて何よりだ。で？」

「で？　ってなんですか？」

「戻りが早いのは、奴が忙しかったせいか？」

「どうなんだろう。特に忙しいとは言ってませんでしたよ」

奴は早漏なのか、というエンの呟《つぶや》きが耳に入ったなら、ジョージィは烈火のごとく怒りを露《あら》わにしたことだろう。

俺は耐久性も持続性もある、と。

「忙しくない？　それなのに早く帰って来た？」

色気は皆無、健康そのものでにこにこと楽しそうなハーニャの顔を見上げ、エンは悟ったはずだ。彼らがまだ体を重ねていないことを。

「お前、何で早く戻って来たんだ？　もう少し帰りが遅くなると思ってたぞ」

「えっ？　遅くなってもよかったんですか？　僕、エンさんが仕事中だって言ったから、きちんとけじめつけなきゃって戻って来たんですよ。だったらもっと残って話して来ればよかった。ああっ！しまった！　リンジーにも会わせて貰《もら》えなかった！」

それこそが最も心残りだと口を尖《とが》らせたハーニャに、我慢しきれずエンは吹き出し、美少女顔が崩れるのも構うことなく腹を抱えて笑い出した。

「ぶっ……！　お前っ、それは……」

きっと最後まで期待していたはずの男の、取り残されて憮然《ぶぜん》とした表情が容易に想像され、エンの笑いは止《とど》まる所を知らなかった。

「さすがアーヴィン、それでこそハーニャ＝アーヴィンだ」

事務のモリシンが何事かと様子を覗きに来るくらいひとしきり笑ったエンは、目尻に浮かんだ笑い涙を指先で拭い取りながら、それはもう素敵な笑みを浮かべて、ハーニャに向かって親指を立てて見せた。

「よくやった、アーヴィン」

そのよくやったの印が何に対してなのかわからなかったものの、とりあえずは曖昧《あいまい》に頷《うなず》いたハーニャに、またエンが笑う——……。

（お子様な僕を笑ったんだろうなあ、エンさんは）

本当のところは、エンはハーニャのとった行動を笑ったのではなく、美味《おい》しい獲物を食べ損ねた男を笑ったのだが、どちらでも同じことである。

ハーニャにしてみれば、そこで男との関係は終わるはずではなかった。ジョーゼフィティ＝オービス名義の別荘に隠棲《いんせい》していた時と同じようにとはいかないまでも、日を置かずに会えるだろうと考えていた。その甘い考えは、ここ数日の忙しさで無理だと諦めざるを得なかったが。

「行ってきます！」

「じゃあな！」

声を掛け合って島の中心へ向かって走り出す同僚の背中を見ながら、今度こそ口に出してハーニャはぽつりと呟いた。

「いいなあ」

色付き手紙の多い総督府だから、色無しのハーニャが直接配達に行くことは出来なくても、街の中にいれば出会うことだってあるかもしれない。近くにいれば、そんな偶然だってあり得るのだ。だが、ハーニャの担当する郊外と街の中心ではまるで方向が違う。総督として男が赴任する以前のように別荘に行けば会えるというわけではないのだ。それに、総督として赴任したばかりで忙しい男のところへ、仕事以外で顔を出すことへの躊躇《ためら》いも大きい。

男の求めるものに気づかなかっただけでなく、次の約束をせずに出て来てしまった自分が恨めしい限りだ。

「総督って、お休みはいつなんだろう？」

後悔先に立たず。会いたいという気持ちを抱きつつも、どうしたらよいかの決定的な何かを得ることが出来ず、まだ暫《しばら》くは延々と悩みそうなハーニャであった。

その当事者、片割れのジョーゼフィティ＝クラリッセ大公と言えば、後悔ばかりが先に立つハーニャと違い、もっと即物的な思考に頭の中を占領されていた。

「くそっ」

総督の認印を押しながら、出て来るのは舌打ちばかり。総督の元へ書類を持ってくる役人は、何か不備があったのではないかと戦々恐々としながら、この不機嫌な若い新総督に接しなければならず、気の毒としか言い様のない状態がここ数日ばかり続いていた。彼らにとってみれば、五十年以上も国主の代理として島を統治していた前総督が、これでやっと引退できると喜んで地位を譲った相手。どんな人物だろうかと、それはもう赴任前から噂に終始したものだった。

そして赴任して来たのがまだ若いクラリッセ大公。経験の少ない若者という目で不安を抱く役人もいたが、概《おおむ》ね好意的に受け入れられたのはやはり血筋に因《よ》るところが大きい。元々、首都の飛び地であり直轄地の島を統治する任を負うのは、歴代国主の親戚筋ばかり。前国王の従兄《いとこ》に当たる前総督よりは、現国主の甥《おい》の方が血筋としては濃い。それに加え、噂の大公という興味も持たれていた。

リュリユージュ島と首都は離れてはいるが、情報は毎日のように口伝えや手紙となって届けられる。クラリッセ大公の新総督赴任と同時期に島にやって来た観光客は、島民の求めに応じて気前よく大公の情報を喋《しゃべ》り回った。少し前まで首都を騒がせていた大公家の相続を巡る争いや、兄嫁との確執、それに華やかな社交界での活躍などだ。大部分は事実であり、そしてその事実に面白おかしく色が付けられて、島の中にはそんな独自の「ジョーゼフィティ＝クラリッセ総督」の姿が広められた。

その大公が荒れている。不機嫌極まりないという表情で机の前に座っているのだから、役人たちは堪《たま》らない。もしや自分たちが粗相をしてしまったのではないか、それともリュリユージュ島の総督という地位に満足していないのではないかなどと、勝手に憶測は広がって行く。

その総督の心境はと言えば、

「ハナのやつめ……次に会った時は覚悟しろよ」

自分の腕の中からスルリと抜け出してしまった少年のことでいっぱいだった。

寝室に一緒に入りながら逃げられてしまった。あの時の呆然とした気分を誰がわかってくれるというのか。まだ大公位を継ぐ前の首都にいた時分から、それなりに色事の経験を積んではいた。華やかな恋愛遍歴と言われれば、否定できないくらいには。しかし、そんな男の経歴の中に、据え膳直前で逃げられてしまうなどという失態は断じてなかった。

「普段は無愛想なくらい無口なのに、そういう時だけ口も回るし手も早いんですから」

これは、側用人兼護衛として長年仕えるボイドの台詞《せりふ》であるが、当人も他人も認めるものでもある。

そんな男が手に入れた少年を前にして逃げられたと知った時のボイドは、それはもう盛大に笑ってくれたものだ。

その時も、ボイドは護衛として部屋の前に立って様子を窺《うかが》っていた。勿論、寝室で何が行われているか聞き耳を立てるほど無粋な真似をする性格ではないが、そういうものは何となくわかるものだ。行為になだれ込んでいるか否かは、部屋から漏れて来る濃密な空気と雰囲気がそれとなく教えてくれるからだ。

だから部屋の前を離れるべきか、それとも暇つぶしに何か遊戯盤か本でも持って来て貰おうかと考えていたのだが、その矢先に内側から開かれた扉に驚いた。ボイドが勝手に脳内で換算していた時間配分から逆算しても、少年が寝室から出て来るまでにはまだ間があったからだ。

そこで最初に思ったのが、

（いきなり手を出して拒絶されたんですかね）

という、男のことを正確に理解しているようでしていない感想だった。

しかし、ぱっと見た限り、出て行った少年に怒っている様子は見られなかった。頬は紅潮して喜びに溢《あふ》れ、晴れ晴れとした顔で室内から出て来た。表現するなら、地に足がついていない状態で、あれではボイドの姿も目に入っていなかったに違いない。

そうして不思議に思いながらハーニャを見送った後で覗いた寝室には、呆然とした表情のまま座り込んで動けない男の姿。寝台の上は糊《のり》の効《き》いた敷布が敷かれたまま一切の乱れがなく、そればかりか男の着衣にも一遍の乱れもない。そう、まさに二人が部屋に入った時のそのままに。

瞬時に、二人の間には何かはあったが、何かはなかったと正解を導き出したボイドは、予想を上回る事態に久しぶりに大きな声を出して笑ってしまった。打算も何も一切の邪念を浮かべることなく、ただ単純に自然に大笑いをした後で、ボイドは言った。

「一番手強《てごわ》いのはあの子みたいですね」

それに苦笑を返しながら、ジョージィはハーニャのことを思い返していた。

ハーニャ＝アーヴィン。大公家の足元にも及ばない中流貴族の末子で、本人は素直で努力家でいい子だ。貴族にありがちな多少世間知らずなところはあるが、素直さ故に手に落ちてしまえば後は早いと思っていた。

少年の周りには癖のある人物が二人いる。一人は、現在のハーニャの上司、イル・ファラーサ局長のエン＝スティーシーだ。基本的には少年を見守るだけの男だが、不誠実な態度には容赦という文字を知らないエンである。自身に対する評価が地面すれすれなのを自覚しているジョージィにとって、あまり顔を合わせたくない人物の筆頭だ。

そしてもう一人、ハーニャの従兄のリスリカ＝リストベルネ。直接の面識はないが噂にだけは聞いている騎士団の有名人。少年と従兄の関係が良好か否かは別として、極悪非道のリスリカと呼ばれる彼は出来るなら関わりたくない相手だ。ただし、リスリカは遠く離れた首都に住んでおり、島にはいないから安心。


その鉄壁の防御を抜けて、直接生身のハーニャが飛び込んで来てくれたというのに、

(口づけだけで終わった……だと？)

未だに自分でも信じられないジョージィなのだ。

あの時あのまま、体まで繋げるつもりだった。実際に、直前まではいい雰囲気だったのだ。

(このまま押し倒して、それから服を脱がせて)

想う相手と二人寝室で、何も起こらないはずはない、と。

経験とはある意味残酷なものだ。少なくとも、その時の男にとっては。

目元を染めて、とろりとした笑みを浮かべるハーニャを見ながら、男は思った。

意識のある少年と、心置きなく体を通じ合えるだろうと――。

手順は頭の中に描かれ、いつぞやの夜に見たハーニャの白い体を思う存分味わって、今度こそ狭く熱い中に自身を埋め込んで――……と。想像するだけで昂《たかぶ》る己の分身を鎮《しず》めつつ、さて押し倒そうと思ったのに……。

結論から言えば、ジョージィの目論《もくろ》みは儚《はかな》く消え去ってしまった。

(仕事中だから帰る、だと？)

未だかつてそんな断り文句を言って来た相手がいただろうか？

否、ない。

門限が、お父様が、もう遅いから——などと口にした今までの相手ですら、単に口に言葉を上らせただけで本気で拒否する気はなく、そのまま身を委ねることを望み、そしてそれは叶えられて来た。

それなのに、本命のハーニャはとてもよい笑顔で「さようなら」と告げた。この「さようなら」が単なる挨拶なのは男もわかっている。精神的物理的距離における拒絶の挨拶ではない。単に次に会うまでの挨拶に過ぎない。だからこそジョージィは動けなかった。予想とまるで違う態度を取られたこともそうだし、ここで無理強いしては避けられると本能が告げたからでもある。

そうして見送ってしまった後のボイドの大笑いであり、あれ以来少年と会うことの出来ない苛立《いらだ》ちでもあった。

「よい方に考えたらいかがですか？　あの局長にまた殴られないで済んだと思えば、どうってことはないでしょうに」

「またって言うな」

大して大きくも骨太でもない体のどこにあんな力があるのかという勢いで殴られた記憶は、頬の痛みと共にすぐに蘇ってくる。あの一発があって目を覚ます切っ掛けにはなったが、感謝はしても何度も味わいたいものではない。

「私は絶対に御免ですからね。色持ち、それも白金のイル・ファラーサとは絶対に手合わせしたくないです。不条理なことや非常識なことは言わないだけあなたよりましでしょう。寧《むし》ろ、あの子を悪の手から守る盾になってくれてるんですからね」

「おい、悪の手とは俺のことか？」

「それ以外誰がいるっていうんですか。いたいけな少年を手籠《てごめ》めにしようとした男が紳士だとは誰も思いませんよ」

「合意なら誰にも文句言わせないぞ」

「寝ているハーニャさんにあれこれしたくせによく言う。勿論、私だって言いませんよ。合意に持ち込むことが出来たなら、ね」

「……黙ってろ」

ボイドはひょいと肩を竦めた。

不機嫌に書面に向かうジョージィの頭の中は、その合意に持ち込むまでにどう持って行くかで占められていた。不真面目極まりない色事を考えながら、仕事は着実にこなせるくらいに有能なのだから、絶対に才能の無駄遣いである。

「次に来た時には部屋に鍵を掛けてしまえば……」

「それ、思い切り合意じゃないですからね」

「煩《うるさ》い」

ジョージィはギリッとボイドを睨《にら》んだ。

「リンジーを餌《えさ》に誘《おび》き出すか。それとも言うこと聞かないと触らせないと言えば」

「ちょっと大公、クラリッセ大公様？　それ、悪人のすることです。卑怯です。それしたら、警備隊に連行して貰いますよ」

ボイドの言葉も耳に入って来ない。それくらい、ハーニャに逃げられたことは屈辱であり、敗北だったのだ。しかし、残念なことに、今の男は別荘でのらりくらりと暮らしていた「庭師のジョージィ」ではなく、島の統治を預かる総督だ。国主から任命された仕事はきちんと遂行する義務がある。

自身にとっても遠い親戚筋である老総督の後を継いだジョージィだが、緩《ゆる》い仕事だと高を括《くく》っていた。ところが実際に渦中に身を投じてみれば、多くの人が出入する島の管理・統治は相当の労務力が必要だと気づかされるに十分な慌ただしさと忙しさを伴っていた。

ハーニャとの関係を進展させたい一方で、総督としての仕事は増えるばかり。冗談ではなく寝る間も惜しんで働いている現状では、手の打ちようがない。

それでもジョージィは誓う。

「早く本当に俺のものになれ、ハナ」


総督として頭を悩まされているジョージィと立場は異なるが似た意味で、イル・ファラーサ支部局長エン＝スティーシーも渋面を作っていた。

リユリュージュ島を訪れる観光客は何も正統派だけではない。中には学舎が休みに入ったために夏季休暇を友人連中と過ごそうと連れだって訪れる若者たちも多く、若いという性分のなせるわざか、それとも無鉄砲さから来るものなのか、島のあちこちで野宿する姿を見掛ける。そんな彼ら宛の手紙を、天幕や場所を確認しながら配達しなければならないのは苦労以外の何物でもない。

エン自身がはっきりと、「時間の無駄」と言い切り、定期的にイル・ファラーサ支部に手紙を受け取りに来るよう、局長権限を発令し、島に渡る大橋を越える時に事前に通達を出して宣言している。定住せずに村のあちこちを好き勝手に歩き回る連中のために、局員の手を煩《わずら》わせないようにする措置である。にも拘《かか》わらず、ほとんどの若者たちが通達を無視した結果、未配達の手紙は溜まる一方。夏の終わりには、配達不可能の印を押して返送される手紙だけで、逓信馬車二台は必要になるだろう。

得てして、普段とは違う環境に身を置けば、羽目を外してしまいたくなるというもの。そんな連中の相手は非常に手間が掛かる上に面倒だ。警備隊は見回りを強化し、人員を増やして対応しているが、完全というわけではない。思いもよらぬところで被害を受けるのは、善良な島民なのだ。

エンが頭を悩ませているのもそこにある。

イル・ファラーサ。その特殊性から、身分や命の安全は国に保障されている。白い制服、誰が見ても一目瞭然のイル・ファラーサ局員に手を出す馬鹿はいないと思いたいが、酔客も増えてくる夕方以降では必ずしも安全が確約されているとは言い難いのが実情だ。毎年数件は、局員が何らかの事件に巻き込まれ、その都度警備隊長に安全を約束しろと掛け合うのだが、要望が実を結んだ例はない。警備隊が無能なのではなく、開放的な気分で島に来る観光客の素行の悪さがその上を行くからだ。

結局、自衛がまず第一となり、街中、裏通り、街道を担当する局員には、十分に注意して行動するよう毎朝の朝礼の度《たび》に言わなければならなかった。

「それにしても、今年はやけに多いな」

支部の前に下ろされた書簡の入った布袋を見ながら、エンは眉を顰《ひそ》めた。

「いつもよりも暑いせいじゃないですか？　避暑に来る人の動きも早いですし。それにほら、学術調査団がいくつか来ていますし、その影響でしょう」

「あー、あれな」

エンは微妙な表情を浮かべた。

学術調査団という名目でリュリュージュ島にやって来る団体は今回が初めてではない。似たような名称を持つ団体が年間に幾つも島を訪れては、帰って行く。ただし、彼等が実際にどんな調査を行っているのか、何を調査しているのか、そしてこれが肝心なのだが、どんな成果を上げることが出来たのかは、ほとんど知らされていないのが現実だ。

首都に縁のあるエンにしても、学術団体から何らかの調査結果が発表されたと聞いたことはない。そもそもが新しい発見や見解が出たのなら、大々的に大衆紙や学術誌に論文が発表されてもおかしくない。それなのに、そんなことはエンがこの島に来て以来、一度もないのだ。

よってエンの中では、どれもこれも自己満足と虚栄心を満たすだけの「胡散臭《うさんくさ》い団体」という位置づけになっている。中には真面目な団体もいて、エンが島に赴任する前には新種の貝を発見して話題になったこともあったが、月蝶《げっちょう》に関してはもう長いこと目新しい発見は出ていない。

忙しいのは繁盛していることでもあり、歓迎すべきことではある。だからこそ思うのだ。配達だけに専念させせろ、と。

「――ったく。俺たちの仕事は手紙を運ぶことだ。余計な仕事を増やしてくれるんじゃねェ」

そのエンは、配達から戻って来た時に一通の手紙を持っていた。

「お前ら、俺を都合よく使うな」

そして押し付けられた手紙と青い蝶の印章に、ハーニャの顔は見る間に明るく変わった。

「エンさん！　ありがとうございます！」

嬉しい！　とオレンジ色の瞳を輝かせて浮かれるハーニャは、それこそ大事に手紙をポケットに仕舞い込んだ。差出人は言うまでもなくジョージィである。

——明日の夕刻、総督府で待つ。

横向きの蝶の青い刻印は、クラリッセ大公家の家紋。

(ジョージィさん、怒ってなかった……)

自分から会いに行きたいと告げる手段がなかったハーニャにとって、男からの手紙はまさにちょうどよい頃合いで届いたことになる。

あの一件からハーニャは、もしかしてあまりにも自分が幼な過ぎて嫌われてしまったのではないかと、少しばかり胸を痛めて思い悩んでいたのだ。相手はハーニャよりも十近く年上の大人で、男からすれば本当に何も知らない赤子のような自分に呆れて興味を失ってしまったのではないかと、連絡の一つもないことで落胆していたのだ。

その夜、ハーニャは手紙を抱き締めて眠りについた。男の夢を見ることが出来るかもしれないと思いながら——。

（緊張する……）

翌夕。勤務を終えて向かった総督府で、案内された執務室の重厚な扉の前に立つハーニャの胸の鼓動は、ドキドキと脈打つほど高鳴っていた。扉を叩くために伸ばされた腕にも震えが走っている。

（ジョージィさん、もう来てるかな？）

だが結局はハーニャが扉を叩いて来訪を告げる必要はなかった。

「待っていた」

いきなり背後から伸びて来た腕に抱き込まれてしまったからだ。

背中を包み込む男の体温と、前に回された腕。上等な青い上着の持ち主は、ずっと思い描いていた男のもの。

「ジョージィさん……」

「会いたかった、ハナ」

「うん、僕も会いたかった」

「中に行くぞ」

ふわと笑った気配がして、男がハーニャの腕を引いて中へと促す。

完全には人のざわめきが消えることはなかったが、十分な静けさの室内は、開け放たれた窓から流れ込む風でひんやりとしており、暑さで火照《ほて》った体の熱を少しだけ冷ましてくれた。少しだけなのは、いつまで経っても離れない男の腕のせいだろう。

ハーニャが連れ込まれたのは、執務室に隣接する休憩用の部屋だった。客間と寝室が隣り合わせの

そこは、使用人に命じていつでも使えるよう整えられていた。テーブルの上には水色の布が掛けられ、水差しの中には冷たい水。

部屋の中に入ってようやく腕を離したジョージィと向き合ったハーニャは、久しぶりに会う男の顔をじっと見上げた。庭師だった頃にはあった無精髭《ぶしょうひげ》は整った顔のどこにもなく、少し乱れた前髪が額に掛かっている。こうしてみれば、まだ若くて立派な青年だ。

自分を見下ろす水色の瞳は、以前は冷たく感じられたものだが、今は熱を感じるだけである。

ハーニャはまず、深く頭を下げた。

「この間はごめんなさい。さっさと帰ってしまって……」

「謝るのはいい。だが、何が悪かったのか、お前わかってるのか？」

「たぶん」

これを言うと自惚《うぬぼ》れているのではないかと呆れられるかもしれない。それを覚悟でハーニャは、顔をしっかりと上げて男を見つめた。

「ジョージィさんはもっと僕と一緒にいたかったんじゃないかって思ったんだけど、違いますか？」

「違わない。だけどそれだけじゃないぞ」

「あ、はい。たぶんそれもわかってると思う」

「本当か？」

「――はい」

疑わしいと細められた瞳に、それも仕方ないかと思う。自信はないし、どうしたらいいのかはわからないが。

「僕、どうしたらいいですか？」

自分でわからないのなら男に訊《き》けばいい。どうせ経験の差は圧倒的なのだ。知ったふりをして呆れられるより、素直に男のしたいようにさせた方がいい。

そう判断し、男を見上げれば、ジョージィは大きくため息を吐き出した。

「ハナ、お前な……」

「駄目？　やっぱり子供過ぎて手が掛かるのは駄目ですか？　それともこの間のことを怒ってる？」

「そうじゃなくて」

ジョージィは眉を下げて悲しげな表情になったハーニャを抱き締めた。

「そんなこと言われたら、俺の好きなようにしてしまうぞ。それでいいのか？」

「いいよ。ジョージィさんの好きにしても。だって、僕はどうしたらいいのかわからないんだから、お任せします」

「ハーニャ」

男はハーニャの顔を両手で挟み込んで見下ろし、苦笑した。

「お前、それは反則だ」

そして答えを聞くことなく唇を合わせる。

ゆっくりと重ね、それから唇の間から舌を差し入れて口を開くよう促す。躊躇いがちに開かれた唇の間から侵入した舌は、そのままハーニャの舌を絡め取り、何度も角度を変えながら強く吸い上げた。

「んっ……」

苦しいのか涙を浮かべながら、それでも自分の言葉に責任を持って抗《あらが》わないハーニャの手は、ぎゅっと男の服を握り締めている。

被虐心をそそられるそんな姿に、我慢していた男の理性の糸は簡単に弾き飛ばされた。元より、口煩いボイドがいない隙を狙ってハーニャを呼び出したのは、先日中途半端に終わってしまった行為を完遂する目的があってのこと。

当人がその気なら、最初から遠慮する必要はない。くちゅりという音を立てて唇を離したジョージィは、唾液に濡れて光るハーニャの唇を親指で拭いながら、視線で寝室を示した。

密着する腰は既に男の欲望が勃《た》ち上がり、早く抱かせろと主張している。それに驚きながらもハーニャは首を横には振らない。それが答えだとばかりに、男は行動を起こした。

「わっ」

ハーニャの体を抱え上げ、そのまま大股で寝室に連れ込み、寝台の上に下ろしたのだ。客間と繋がる扉は閉められ、窓に下ろされた帳《とばり》のせいで薄暗い寝室の中、ハーニャの見ている前でジョージィが自分の衣服を脱ぎ捨てる。

そこまで性急な動作が必要なほど、男は飢えていたのだ。今までの行為のように、紳士的に相手の衣服を一枚二枚と脱がし、とろとろになるまで愛撫を施して、相手に懇願されることで優越感と征服感を味わいながら、最後の最後で自分が裸になるというそんな余裕は、今の男の中のどこを探してもない。悠長に構えていては、また寸前になってお預けを食らってしまう可能性もあるのだ。男の沽券《こけん》だとか見栄だとか、そんなもの、今この場ではまるで意味のない代物で余計なだけだ。

「ハーニャ」

堂々と全裸で立つ男の体はハーニャにとっては衝撃的だった。年頃になってから見た裸は、男女含めて自分の裸くらいで、兄たちですら上半身だけしか見たことがないのだ。

「ジョージィさんって着痩せする人だったんだ……」

武人とは違うものの、鍛えられた腹筋に逞《たくま》しい腕、引き締まった腹、そしてその腹に着くほど反り返っている男の象徴。

羨ましいというか何というか、立派に大人だ。

「そんなに見てると余計に大きくなるぞ」

笑い含みの声にはっとして慌《あお》てて目を逸《そ》らすが、それよりも先に男の体が覆《おお》い被さって来た。

「ハーニャ……あまり俺を煽るな」

「煽ってなんか」

いない、と続けるはずの言葉は、また塞がれた男の口の中に消えてしまう。

(う……ジョージィさん、なんでそんなに手が早いの)

寝台に押し倒されたのと圧《の》し掛かられたのと口を塞がれたのがほぼ同時、遅れて衣の裾《すそ》から侵入して来た手がシャツを引き出し、するりと肌を撫で上げる。唇は唇を塞ぎ、右手は胸を撫で、左手はそっと下半身に触れ、片方の膝《ひざ》は時々悪戯《いたずら》するようにハーニャの下半身を刺激する。

まさに早業の勢いで、狼《おおかみ》に食べられる子羊の気分をそのまま味わう羽目になったハーニャだが、子羊と違うのは抵抗らしい抵抗をしていないこと。というよりも、抵抗する気がことごとく削《そ》がれてしまうのだ。男の手の動きに翻弄されて。

今まで培ってきた経験は、今日この時のためだと言わんばかりに、男は四肢のすべてを使ってハーニャから考える余裕を奪い去って行く。何が何でもハーニャと体を繋げたい男は、相手が抵抗しないのをよいことにそのまま行為を進めて行った。

ズボンの裾から引き出したシャツの前は全開で、滑らかな肌と淡く薄い紅色の乳首が美味しそうに誘っている。つんと立っているのは、咥《くわ》えてと訴えているようだ。

唇から顎、それから首に噛《かじ》り付いた男は、そっと乳首を口に含んだ。

「っ……！」

舐めるだけでぷっくりと膨《ふく》れる赤い果実。そっと甘噛みすれば、思い掛けない反応にびくりと体を跳ね上げるハーニャ。

その瞬間を待っていたかのように、男の手はハーニャのズボンと肌着をまとめて膝までずらし、行儀が悪いのを承知で脚を使って一気に脱がせた。

「ジョ、ジョージィさんっ」

同意もなくいきなり露出された下半身に、さすがに目を向いたハーニャが体を捩《ねじ》って抵抗しようとするが、再度乳首に噛みつけば、「やっ……んんっ……」という声と共に抵抗は失われた。

自分の体の大きさと重みを活《い》かしてハーニャの薄い体を押さえつけたまま、ジョージィはハーニャの分身へ手を伸ばし、握り締めた。

「や、やだっ」

「やだじゃないだろう？　ほら、お前のここは悦んでいるみたいだぞ」

緩く勃ち上がったハーニャ自身を自覚させるようにゆっくりと上下に動かすだけで、先端から零《こぼ》れ落ちる透明な滴《しずく》。くちゅと湿った音がして、ハーニャは全身を真っ赤に染めた。

「ほらな、俺に触られてこんなに震えている。よかったじゃないか」

「ジョージィさん、意地悪だ……なんでそんな恥ずかしいこと言うの」

「なんでかって？　そんなことお前だってわかってるだろう」

囁《ささや》きながら耳を甘噛みすると、くすぐったかったのか「ひゃっ」と小さな声を上げて首を竦める。

「お前も俺を欲しがっている。こんな雄弁な証拠はないぞ」

「欲しがってなんか……」

「いないわけがないさ。俺のだってお前を欲しくて泣いている」

ジョージィの手は、ぎゅっと握り締められたままだったハーニャの掌《てのひら》をそっと開かせると、それをそのまま猛《たけ》り狂う自分の下半身に導き、握らせた。

最初は抵抗したハーニャだが、何度か擦《こす》りつけるようにして押し付けると、諦めたように太い幹を握り締めた。状態としては単に緩く握られているだけなのだが、想いを寄せる少年に触れられているというだけで、より大きくいきり立つ。

「……熱い……それに大きくなった」

自分のものを握らせたままジョージィはハーニャの性器を本格的に扱《しご》き出した。片手で余る太さのそれは慣れていないのか、少しの刺激にもふるふると震えながら先端を透明の滴で濡らす。

「こんなにぬるぬるしている」

「恥ずかしいから言うのやめてよ……」

全身を仄《ほの》かに赤く染めて恥ずかしがる姿も楽しくて堪《たま》らなく、もっと声を聞き、もっと白い体が染まるのを見たくなる。

熱に浮かされていたその夜に、意識半濁のまま触れた時とは違い、もっと過敏にもっと動きのある反応は、ジョージィの男としての征服欲を刺激する。

意識が乳首と性器に向いているのを好都合と、男はハーニャの太腿《ふともも》に手を掛けそろそろと開かせに掛かった。力が抜けてしまっているせいか、簡単に開いた足の間に体を割り込ませ、つっと内腿を撫で上げればびくりと震える体にほくそ笑む。

震える芯からその下の袋までを撫で揉《も》みしだき、何度も後孔までを指先で辿りながら、今日この日のために用意して来た潤滑を目的とした軟膏《なんこう》を指に掬《すく》い取り、未開地の周辺へと塗り込めた。

「なに、なにしたの？」

愛撫に半分意識を持って行かれていたハーニャは、ひんやりとしたものが触れた気配に身を起こそうとして、組み敷かれる形になっている自分の今更ながらの体勢にびっくりと夕日色の瞳を大きく開いた。浅ましく立ち上がり主張する自分自身には目を背け、尻に触れている男に問うた。

「何って、俺のを入れる準備をしているんだ。すぐに入れたいのは山々だが、このまま入れてしまえば傷ついてしまう」

「何をするの？」

ジョージィは指で掬い取った薄いクリーム色の軟膏をハーニャに見せるようにして挙げ、これ見よがしに脚の間に塗り込めた。

「ここに俺のを入れるのはわかるだろう？こうして、塗っておけば中に入れるのも簡単で楽なんだ。俺の大きさじゃ、お前も傷ついてしまうからな」

「……それ自分のが立派ですっていう自慢？」

「本当のことだろう？　大丈夫だハーニャ、お前のは可愛い」

ジョージィはわざと赤い舌を出し、見せつけるように、勃ち上がって震えるハーニャの初々しい色をした先端をペロリと舐めた後、もう一度そこに口づけた。

「もう恥ずかしい……」

ハーニャは真っ赤になって、顔を覆った。以前には男に咥えられて奉仕までされているのだが、ちゃんと意識があるのを自覚した中での行為は、ハーニャの許容範囲を十分に超えるものだった。

「もっともっと恥ずかしくしてやる」

肌温でゆっくりと溶け出すそれは、ハーニャを抱くために首都で購入した最高級品。溶け出すとほんのりと甘い香りがして、気分を和らげる作用を持つものだ。

初めてのハーニャを抱くにあたり、最大の優しさで持って行為を行いたいというジョージィなりの気遣いでもある。

「――一応聞いておくが、お前、男は俺が初めてだよな？」

その瞬間、カチリとハーニャの瞳の色が赤く染まった。

「失礼です、ジョージィさん！　こんなことするの、ジョージィさんしかいない！」

瞳以上に赤く染まった体は、男の欲望を煽るだけだった。

「そうか」

疑ってはいなかったが、本人の口から聞く事実はジョージィを満足させた。何も知らない体を最初に貫くのが自分だというのは、やはり感慨深いものがある。処女信仰を持っているわけではないから、たとえ初めてでなかったとしても愛情が減ることはないのだが、何もかもが自分が最初というのは嬉しいものでもある。男の虚栄心だ。

ならば尚更優しくしたいとは思うのだが、我慢しようとしても漏れて来る小さな声は、逆に男の欲望を煽るばかりで、これ以上待っていれば中に入れる前に暴発するという愚挙を冒してしまう。

未だ律儀なハーニャは男の砲身を握ってはいるが、握るだけで何の刺激も与えてはいない。なのに、握られているという事実だけでせり上がる射精感。

男も女も初めてではないが、ここまで興奮することはなかった。

「痛くても我慢だ、すぐに悦《よ》くなる」

今から感じるはずの下半身への違和感と痛みから意識を逸らすため、男は再び胸に唇を落とし、ハーニャの芯をわざとくちゅくちゅ音をさせて擦りながら、内部に指を入れ込んだ。

「……っ、ジョージィさん……痛いっ」

「大丈夫だ、ハナ。最初だけだ。すぐによくなる。痛かったら俺の背中にしがみついてろ」

たかが指一本でこの痛がりようなら、本物を入れた時にはどうなることか。そのために、こうして解《ほぐ》しているのだが、果たして解れきってしまうまで自身が持つかどうか疑問だ。

「うん……っ」

言われた通り背中にぎゅっと腕を回してしがみつく少年が愛しくて堪らない。

ジョージィは出来るだけ急いで軟膏を注《つ》ぎ足しながら、ハーニャの内部を押し広げた。奥を探る指を二本に増やすと、さらに効率がよくなる。二本の指で穴を広げ、出し入れを繰り返しながら入り口が柔らかくなるのを待つ。

それまでは苦痛だけだったハーニャも、少しずつ指の動きに慣れたのか、先ほどよりは苦しそうな表情ではなくなっている。それでも見上げる瞳はまだ初めての性体験への不安に溢れ、揺れている。

「まだ？」

「もうすぐだ」

三本目の指を入れたかったところだが、これがもう限界だ。長引けば、少年の不安も増し、快楽も薄まる。それよりは、快楽が勝る今のうちに押し入れて、紛わせる方がましだろう。

指を引き抜いたジョージィは、ゆっくりと腰を引き、自身に手を添えてハーニャの蕾《つぼみ》に宛がった。息が上がったハーニャの肢体からはほどよく力が抜け、自分が今どんな格好をしているのかもあまりわかっていない。

開かれた両脚、露を滴らせる若い芯、そして濡れた軟膏が溶けだして赤く蠢《うごめ》く秘部。

男はゴクリと喉《のど》を鳴らして唾を飲み込んだ。今からここに自分の分身が入るというだけで、興奮が増す。夢にまで見た少年の中は、どんなふうに自分を歓迎してくれるだろうか。

「ハーニャ」

ジョージィは片方の腕でハーニャを抱き寄せて、耳元で囁いた。

「大丈夫だから、辛《つら》くないから」

柔らかな先端がゆっくりと内部に沈められていく。

「なんか変、なんか変だよ、ジョージィさんっ」

「大丈夫。中に入っている途中なんだ、全部入ってしまえば何にも考えられなくなる」

そうさせるつもりで、ジョージィは腰を進めた。弾力のある先端を跳ね返しながらも少しずつ飲み込んでいくハーニャの体。

まだ先端しか入れていないにも拘わらず、締め付けと熱さに、今すぐにでも自分の熱を放出させたくて堪らない。

「やっ……こわいよ、ジョージィさん……」

「大丈夫だ、可愛いぞ、ハーニャ」

宥《なだ》めながら、体から強張りを解かせようと、のけ反る喉にねっとりと舌を這《は》わす。

(悪いな、ハナ)

これ以上ゆっくり進めては、不名誉ながら入り口で射精してしまいそうだ。

不安になりながらも従おうとするハーニャの揺れる瞳。そんな少年の態度は、男の贔屓《ひいき》目以上に可愛らしく、強請《ねだ》るような哀願するような表情は欲望を勝手に高めてくれていた。

ジョージィは決断した。もう中に全部収めてしまおう。

何か一つでも刺激になれば、動くことなく熱を迸《ほとばし》らせてしまうのは間違いない。

膝立ちになった男はハーニャの脚を抱え上げ、深く突き入れる体勢を取った。

そして、さらに奥に向かって猛る雄を突き刺そうとした時だ。

「総督」

無表情な声が聞こえて来たのは。

それまで静寂に包まれて、濃密な空気が漂っていた室内の温度が急に下がる。

「ジョ、ジョージィさん、誰か来たっ」

慌てたのはハーニャで、足を抱え上げられた姿勢のまま訴えるが、ここで離してなるものかと男は行為を続けようとする。

「だって！　待って！　待ってジョージィさん、だって人が」

「放っておけ。それよりもこっちだ」

「だって……あっ」

少しまたずぶりと中に入り込んだ塊に、ハーニャの白い喉がのけ反る。

もうこのまま続けてしまえとジョージィは決意した。決意したのだが——。

「総督、いらっしゃらないんですか？」

声の主は去るどころか、さらに大きな声でリュリュージュ島総督としての男を呼ぶ。しかもどんどんと扉を叩く音が響いてくる。心無しか声が近づいているのは気のせいだろうか？

「ジョージィさん、ジョージィさん」

それまで勃ち上がっていたハーニャの性器は、あっという間に力を失い、ぽとりと太腿の上に横たわってしまっていた。

「出てください。こっちに来てしまう」

ぺちぺちと腕を叩かれ、男は激しく舌打ちした。せっかく盛り上がったところを中断させられて、不機嫌にならないわけがない。男の意識も外に向いたのを幸いと、腕の下からもぞもぞと逃れたハーニャは、水色の敷布をそのまま体に巻き付け、掛布団の中に潜り込んでしまった。

「おいこらハナ、何勝手にやめてるんだ」

十分に硬度を持って反り返る男の赤黒い性器は、熱い筒を求めて恋しがっているというのに。

「だって、総督を呼んでる。用事があるから呼んでるんでしょう？」

「待たせておけばいい」

「そんなの駄目に決まってるじゃないですか」

いくら疎くても、体を繋げる行為がそう簡単に終わるわけがないことくらい、ハーニャにだってわかる。同僚たちの艶話を聞いていれば自然にわかってくるものなのだ、こういう知識は。

「待たせてたら夜中になってしまうじゃないですか」

「ほう？　お前は夜まで俺に付き合ってくれるつもりがあったんだな？」

「あ、今のは言葉のあやです。夜になる前に帰らなきゃ、寮の管理人さんに叱られてしまいます。それに夕食も要《い》らないなら要らないって言っておかなきゃ、ものすごく怒られて、次からおかずが減らされてしまうんですよ」

布団の中から顔だけ出すという情けない格好ながら、ハーニャとしては真っ当な抗議をしたつもりだった。

だが、自分よりもイル・ファラーサとしての仕事と生活を優先したような発言は、元来自己中心的な男の機嫌を低下させるだけとなる。

「——お前は俺と一緒にいるよりも、あの狭苦しい宿舎で同僚と飯を食ってる方がいいっていうのか？」

「ジョージィさん、言葉遣い悪いです」

「知ったことか。自分の恋人が晩飯と門限を優先するって言うんだ。文句くらい言わせろ」

「それはだって仕方ないでしょう？　ジョージィさんだってほら」

中にまでは入って来ていないが、相変わらず扉は叩かれて「総督、総督」と声が煩い。

布団に包まったハーニャの訴える目と、しつこい扉の連打と呼び声に、盛大な舌打ちをしながらも男は肌着とズボンだけを身に着けて立ち上がり、裾の長い夜着を肩から羽織って寝室の扉に手を掛けた。会話の間にさすがに強情な男の性器もすっかりと萎《な》え、黒々とした繁みの中でだらりと力なく垂れ下がっている。比喩《ひゆ》でなく項垂《うなだ》れた状態は、男の心情を如実に表すものだった。

「ボイドの奴、何をやってるんだ」

自分の邪魔になるものを排除するのが護衛の役目だと言い切るジョージィに、ハーニャは首を傾げた。

「ボイドさん？　今日は会ってないですよ。いないのが珍しいからお休みなのかと思ってたけど、違うんですか？」

「……忘れてた。そうか、ボイドはいなかったか……」

もしもボイドがいたのなら、来客だろうがなんだろうが誰も通さなかったはずだ。おまけにここは総督府に隣接する公邸ではなく、執務室の隣の単なる休憩部屋だ。公私でいえば公の場に当たり、役人が呼びに来るのは当然と言えば当然だ。

こんなことなら公邸の方に連れ込めばよかった、そうすれば朝までずっと部屋の中に縛り付けておくのにと、物騒なことを考えながらジョージィは振り返った。

「すぐ戻って来る」

そうして続きをするのだと鋭い視線に言われたような気がして、ハーニャはコクンと頷いた。


パタンと音を立てて扉が閉まり、男の背中が見えなくなって、ハーニャは「はぁ」と詰めていた息を吐き出した。

「……何してるんだろう、僕」

ジョージィのことは好きだ。先日の非礼を謝罪する気はある。そのために総督府へ来たようなものなのだ。それなのに、話もそこそこにあっという間に裸に剝《む》かれ、あれこれとされてしまった。

「ジョージィさん、本当に手が早過ぎ」

そこにも男の経験を垣間見て、気持ちは落ち込む。浮かれた気分に流されるまま、ここまでの行為を許してしまったのは紛れもなく自分自身なのだが、果たしてこのまま体を繋げてしまってよいものか、判断に迷ってしまう。前のことがあるせいで意地になっているのではないかと疑いたくなるほどの行為の性急さは、逆にハーニャに再考の余地があるという気持ちを抱かせるものになってしまっていた。

ハーニャとて体を重ねることが嫌だというわけではない。男同士ではあるが、好いた相手に求められ嬉しくないはずもなく、今日はたぶんそうなるだろうと思っていた。まさか総督府でいきなり始めるとは思いもしなかったが。

見下ろした体には、くっきりと付けられた愛撫の後が幾つも散らばっている。胸の先端に至っては、これが自分の乳首なのかと思うほど赤く色づき、本当に果実のようにぷくりと尖ったまま。

(それに……)

先ほどまで男の指にかき回され、先端だけでも入れられてしまった後孔は、固く入り口を閉じてしまった今もまだ、痛痒《いたがゆ》いような疼《うず》きを伴っている。

「あんなのが本当に全部入るのかなあ」

間近で見た男のものは、それはもう立派で片手では余るほどの太さがあった。女性経験もなく、口づけそのものもジョージィが初めてで、ましてや未だ誰も受け入れたことのないハーニャにとっては、脅威でしかない。

男同士がどういうふうに体を繋げるのかは、それとなく耳に入って来る同僚たちの会話から知ってはいたが、実際に自分が当事者になって目にすれば、「無理！」と言いたくなる。本当にみんな、あんなものを受け入れているのだろうか？

自分のそんなに大きくないものでさえ、入らない気がするのに。

「――ジョージィさん、遅いな」

体の熱も大分《だいぶ》引くと、冷静に考える部分が顔を出して来る。邪魔されたことを怒っていた男の様子からすれば、部屋の外の相手を早々と追い返しそうなものだが、こうして布団の中で待っていてもまったく戻って来る気配がない。

ハーニャはそっと起き上がると、敷布を頭から被って体を隠したまま、爪先立ちで客間と寝室を隔てる扉に耳を押し当てた。

「声は聞こえないや」

寝室の隣は客間、客間の向こうは総督の執務室だ。幾ら男が無神経だと言っても、まさか寝室に人がいる状態で客間まで他人を招き入れる真似はしないだろう。そのことに安堵しつつ、それでも様子が気になって、ハーニャはそっと寝室を出て執務室へ繋がる扉の方へと忍び足で近づいた。

腹を立てて出て行ったせいか、完全に閉め切られていなかった扉からは、話し声が微《かす》かに聞こえて来る。ジョージィの低い声とそれよりも若干《じゃっかん》高めの若い男の声。どこか弾んで聞こえるのは気のせいだろうか？

「お客さんかなあ」

早く戻って来て欲しい反面、今の状態からさっきの続きをするのは恥ずかしい。そんなことを考えながら、ハーニャは少しだけ扉を押し開いた。

夏の日差しが注ぎ込む部屋の中は、薄暗い寝室にいたハーニャの目には眩《まぶ》し過ぎて、慣れるまで目を細めていなければならなかった。そうしてゆっくりと開かれた目で見た先には、出て行った時と同じように寝着を羽織ったジョージィの後ろ姿。そして――。

「あ」

慌てて掌で口を押さえたことで、喉の奥に張り付いたまま行き場を失った声は、そのままハーニャの驚きを表すものだった。

男は一人ではなかった。話し声がしていたのだから、役人か総督に用事のある客だろうかという予想は当たっていた。だが、まさか男と抱き合っていたとは……。

細く見えて逞しい男の体に腕を回して見上げているのは、眼鏡を掛けたすらりとした若い男。それを見下ろすジョージィもしっかりと相手の腰に手を回し、体を密着させている。

ハーニャはそっと扉を閉めた。そして寝台へと引き返し、ぽとりと座り込んでしまう。

「誰、あれ」

親しげに見下ろす眼差しは、彼にしては珍しく優しく見えたのは気のせいだろうか。

「追い返すって言ったのに……。なんで抱き合ってるの？」

夜着を羽織っただけの簡単な格好でも会ってしまうほど親しい相手？

頭の中が真っ白になった状態から我に返れば、気づかないうちに視界はじわりと滲《にじ》んでいた。それがなんだか無性に悲しくて、悔しくて、こしこしと手の甲で擦ったハーニャは、自分でもわざとらしいと思いながら、花模様が描かれた天井に向かって大きく息を吐き出した。

「ジョージィさん、戻って来ないから帰ろうかな。別に、戻って来なくてもいいけど」

熱情の残り火は、今はもうすっかりと消え去り、自分以外の男を抱き締めたジョージィと行為の続きをする気持ちは、ハーニャの中には残っていなかった。

ハーニャは絨毯《じゅうたん》の上に散らばる衣服を身に着けた。体中に男に愛撫された跡が残っているし、なんだかベタベタな気もするが、拭うものがないのでしょうがない。中途半端に男を受け入れた後ろに違和感は残るものの、動くのに影響はない。

「よし」

鏡の前にある櫛《くし》を勝手に使わせて貰って髪を整えれば、いつものハーニャ＝アーヴィンだ。

寝室を出て隣を窺えば、まだ会話は続いていた。先ほどよりも高い声の調子に、会話が弾んでいるのがわかる。

「ジョージィさん、帰りますね」

聞こえないと知りつつ、小さな声で扉の向こうにいるはずの男に声を掛け、ハーニャはそっと窓を開けた。窓枠を乗り越えて出た先は開かれた場所で、少し歩けば渡り廊下があり、書類を抱えた役人たちの姿も見える。

「さよなら」

一度振り返ったハーニャは、早足で渡り廊下に足を向けると、彼等の中に埋もれるようにして表まで周り、門のところで預かって貰っていた愛馬に跨って総督府を後にした。

沈む前の夕日の残照がきつく目を焼く。

「暑い……」

体にも心にもどっと疲れが押し寄せて来る。

次はいつ会えるのかわからない。ただ、会った時にどんな顔をすればいいのかも、今のハーニャにはわからなかった。


初めての恋と初めての行為。それから初めての嫉妬。

初めて尽くしで頭の中が飽和状態になってしまっていても、仕事は考慮してくれやしない。確かめたい。それなのに尋ねることが出来ないもどかしさ。自分はこんなに臆病だったのかと、戸惑う気持ちばかりが膨れ上がっていく。

（これがやきもちなんだ……）

胸の奥をちりちりと焼くような、何とも言えない疼き。

抱き合って笑う二人の光景は三日経っても未だに脳裏に散らつき、何度もため息を零すハーニャは、同僚のミッキーには「夏バテか？」と言われ、エンには「恋煩いは休みの時にしろ」と微妙に的を射ている叱責を貰った。

「恋煩いって……エンさん……」

「その通りだろうが。いいからさっさと行って来い」

「はい……」

「ああ、それからアーヴィン」

「なんですか？」

配達に出ようと背を向けたハーニャが呼び止められて振り返れば、差し出された薄紫色の封筒。

「これって……」

「あのな、いい加減に俺を私用で使うのをやめろってあの男に言っておけ。痴話喧嘩《げんか》だかなんだか知らないが、いちいち俺を巻き込むな」

「すみません」

封筒を受け取りながら、ハーニャは恐縮して頭を下げた。

「いつにも増して不機嫌だったぞ、大公様は」

探るような目に、思わずハーニャは目を逸らした。

「ま、何があったか知らないが本当に手に負えなくなったら俺に言え。遠慮なくぶっ飛ばしてやる」

実際に殴り飛ばしたことのあるエンの台詞は信憑性《しんぴょうせい》が十分にあるものだ。

「その時はお願いします。でも手加減してあげてくださいね」

「気が向いたらな」

その気のなさそうな肩を竦める仕草に、手紙を鞄に仕舞いながらハーニャは笑った。

「それじゃあ行ってきます」

今日の配達では初めて訪れる別荘も何件か予定に入っていた。首都からやって来た貴族や外国から観光に来た商人の一家など、少しずつ別荘が点在する一帯にも人が増え、新鮮な野菜や肉などの食料品を積んだ馬車とすれ違うことも多くなった。そう広くはない小径には重い荷物を積んだ馬車の轍《わだち》が残され、賑やかになったものだ。

別荘地と一括《ひとくく》りに呼んではいるが、建物は隣接することなく広い範囲の中に点在している。森もあり山もありと、互いに干渉し合わないだけの距離を保ち、移動しなければならない範囲は広い。今まではジョージィが隠棲していたオービス邸のように、いくらか手前の場所までが多かったが、より涼しさを求めて山の麓《ふもと》の鬱蒼《うっそう》と木々が生い茂る辺りにある別荘まで、人が入るようになって来た。

忙しくなった男が赤い屋根の別荘を訪れることはなく、横を通り過ぎながらハーニャは日を置くことなく通っていた時を懐かしく思い出すのだった。

(ジョージィさん……)

この門を潜《くぐ》ってすぐに会えるのなら、今すぐにでも飛び込んで行くのに。

いつも迎えてくれた仏頂面《ぶっちょうづら》、それからたまに見せる笑み。その笑みは、すぐにあの夜の自分以外の誰かに向けられたものへと代わり、思い出したその光景を打ち消すようにハーニャはフルフルと首を横に振った。

「仕事は仕事」

自分の頰をぱちんと叩いて気を入れ直したハーニャは、軽快に森の中の小径を進んで行った。正確には愛馬の足取りが軽いのだが、乗っている主の気分の明るさが伝染したように、馬も軽やかに別荘地へ続く道を歩いていた。

ハーニャが襲われ重傷を負った森の中は、そんな凄惨な出来事があったことを感じさせないくらい緑の匂いに溢れて清々《すがすが》しい。鳥の声に交じって時々遠くから山犬の鳴き声が聞こえ、それを聞く度にほわりとした気持ちになる。あの時ハーニャを助けてくれた山犬の群れ。あれから姿を見掛けることはないが、彼等が相変わらずこの森のどこかで暮らしていると思うと、濃い緑の陰を落とす森の中でも怖さを感じない。

「ベルトラン邸……ここかな」

他の邸《やしき》からはさらに離れた場所に、目的の別荘はあった。他の邸が山の麓にあるとすれば、この別荘は山の一部という印象が強い。周囲は森に囲まれ、建物の裏手に回ればすぐ目の前はもう濃い緑で埋め尽くされている。その分、普段なら静かな趣があるのだろうが、今は大勢の人の声で溢れ返っていた。

丸い木を組んで作られた邸の前庭にいた大勢の男たちは、目立つイル・ファラーサの白い制服を着たハーニャに気づくと軽く会釈し、馬車から荷を下ろす作業を再開した。

「学術調査団ってモリシンさんが言ってたけど、何を調査しに来たのかな」

父親が図書館長をしているハーニャは、講演や研究発表会などに触れる機会も多く、調査団という名称は興味をそそられるものだった。地質や生き物の生態、森林の調査、海洋調査など、海に囲まれたリユリユージユ島には研究の対象になるものが多くある。島の至るところに点在する山や森には珍しい動植物が棲息しており、毎年のように調査団が入っては成果を得られず帰って行くのだと、モリシンが笑いながら説明してくれたのを思い出す。

荷物を抱えて歩き回る男たちの邪魔にならないように邸の玄関の中に入ったハーニャは、もう一度手紙の宛名を確認し、荷物を抱えていた背の高い男に話し掛けた。

「こちらにアマンドル＝ベルトランさんはいらっしゃいますか？　手紙が届いているんですけど」

「ベルトラン？」

男は軽く眉を上げ、すぐ手前の部屋を指した。

「奴ならさっきまであそこで本の整理をしていた」

開かれた扉の中からは、何かが動く音が聴こえる。

「もしいなかったらそこらにいる奴に訊いてみるといい。たぶん誰か知ってるはずだ。悪いな、来たばかりでまだ片付けが終わってなくて慌ただしいんだ」

笑うとくしゃりと皺《しわ》が出来る男は、そう言って箱を抱えたまま二階に上がった。

「学者さん、かな？」

日に焼けた浅黒い肌の上に開襟シャツを着こなした男は、雇われた人足というには品があり、ハーニャは勝手にそう判断した。

「アマンドル＝ベルトランさんはいらっしゃいますか？」

そうして教えて貰った部屋に入ったハーニャがまず見たものは、足場もないほど置かれた本と紙に埋め尽くされた床と、その床の上に這いつくばるようにして何かを探している濃い金髪の男だった。

「ええと、ベルトランさん、ですか？」

「あ、うん。私がベルトランだけど、何か用かい？」

床に膝をついたまま顔だけ上げた男は手にペンを持っていた。どうやら落とし物を拾っていたらしい。すぐに立ち上がった男は、ハーニャよりもほんの少しだけ背が高く、すらりとした鼻筋の整った顔に小さな眼鏡を掛け、いかにも学者という風貌だった。

（あれ？）

その彼にどこか既知感を覚えたハーニャだが、

「もしかしてそれ、私宛の手紙？」

言われて自分の仕事を思い出し、慌てて持っていた大きな封筒を差し出した。

「あ、はい。そうです。アマンドル＝ベルトランさんに。ご本人ですか？」

「本人だよ。証拠がいるなら学位証明書を見せるけど、いる？」

ガサゴソと脇に積んであった大きな旅行鞄に手を掛けた男に、慌ててハーニャは手を振った。ハーニャたちが届ける無印の手紙は本人や家族に宛てられたものだが、不在の場合には投函《とうかん》で済ますこともあり、特に本人証明を必要とするものではない。差出人から絶対に確認が必要だと言われていない限り、詮索せずに渡す決まりだ。中には愛人と偽名でやり取りをする男女もいるが、明らかに犯罪に関係すると判断される場合を除いて、彼等の私生活には踏み込まず関与しないことは、イル・ファラーサの仕事の一つでもある。

余談だが、かつてそれでとある局員が「どうして夫の浮気を教えてくれなかったのか」と本妻に訴えられたことがあったが、イル・ファラーサ本部から派遣された優秀な弁護代理人により、責められるは浮気をした夫であり、職責を全うした局員に罪はない、よって本妻の訴えは不当だと却下されたことがある。なまじ有名な貴族の醜聞《スキャンダル》だっただけに、社交界には瞬《また》く間にそのことが広まり、合わせてイル・ファラーサの特質性もまた世間に周知されることになった事件である。

封筒を渡すと、ベルトランはふわりと笑った。

「よかった。やっと届いた」

いそいそと封を切る男を見ながら、何となく帰りそびれた感がして、ハーニャはもので埋め尽くされた室内をこっそりと見回した。大きな四角い木のテーブルの上には開かれた本が数冊、それにペンに紙。整った顔に似合わず悪筆なのか、それとも単なる走り書きなのか、ちらりと見ただけで文字を読み取るのは難しかった。だが、積まれた本の題名や開いた頁《ページ》に描かれていたものは、ハーニャにはとても馴染み深いものだった。

「月蝶だ……」

大好きな英雄イル・ファラーサの話の中に何度も登場した八枚羽を持つ月神の使者。書物によって描かれている姿は様々だが、そのどれもが大きな四枚羽の上に重なるもう二対の羽根を持っている蝶。

「月蝶を探しに来たんですか？」

思わず声に出したハーニャに、手紙に目を落としていたベルトランは目を丸くした後、にっこりと笑った。

「その通り。私たちはイル・ファラーサの卵を探しに来たんだ」

「卵！」

「そう。もしかして月蝶に興味ある？　だったらこっちに来てご覧」

近寄るように手招きしたベルトランは、受け取ったばかりの封筒の中から四つに折り畳まれた大きな紙を取り出し、机の上に広げた。

「これはリュリュージュ島の地図だよ。それも首都で刷られたばかりの最新版」

どこか自慢気なベルトランの言葉だが、それも無理はない。普通の民が手にするのは国が作った地図を基に描かれた簡易的なものがほとんどで、最新版が市井《しせい》に下りてくるには時間が掛かる。そもそもが数が少なく入手も困難なのだ。よほどの伝手《つて》がない限り、簡単に手に入れられるものではない。

「ちょっと伝手を使って取り寄せて貰ったんだ。これがあれば道に迷うことも減るし、無駄な場所を探さなくても済むから楽なんだよ」

楽な調査なんてないけどね、と若い学者は笑った。年齢はハーニャよりも随分上なのだろうが、探究心が溢れるベルトランの瞳は子供のようにきらきらと輝いている。

「卵を発見することが出来たら、リュリュージュ島が月蝶の生まれる場所だって決定されるだろう?」

世界中で知らない人がいないくらい有名な月蝶だが、その生態は他の幻獣のように謎とされている。逸話や伝説は多く残されてはいても、そのほとんどが伝説の騎士イル・ファラーサと共に旅をした時のもので、他には子供向けの童話などに数行だけ月神の使者として登場する程度。名前と姿は有名でも、何を食べてどこで育つのかなど生態に関しては、諸説はあっても定説はない、という現状だ。そのため、月蝶が生まれると囁かれるリュリュージュ島を持つラインセルク公国では、他のどこの国よりも学術機関での月蝶の研究が盛んだ。

「いつまで調査をするんですか?」

「今のところは七日の滞在を予定している。僕も大学での授業があるからそれ以上は無理なんだ。本当はずっと島にいたいんだけど」

ベルトランは寂しそうに微笑んだ。

「それよりも、君は月蝶を見たことがある？」

「残念ながら……偽物だったら毎日見ているんですけど」

ハーニャは、八枚羽の月蝶を模した自分の徽章《きしょう》に目を落とした。

「月蝶の目撃者は多いから、そのうち見る機会もあるんじゃないかな。感動するよ、本当に」

「ご覧になったことがあるんですか？」

「学生の頃に一度だけ、この島で。それで月蝶に魅せられて研究の道に進んでしまったくらいだから、美しさは保障する」

「いいなあ、僕も一度見てみたい」

「大丈夫。この島にいればきっと一生の間に一度は見られると思うよ」

一生に一度。それでも見ることが出来るかもしれないと言われる月蝶は、月神を同じ主に戴く他の生き物よりは個体数も多く、庶民の生活に近いとも言われている。だから可能性はあるというベルトランの言葉は嘘ではない。海の向こうのサークィン皇国の首都にしか咲かず、しかも周期さえ一定していない神花《しんか》よりは、月蝶はまだ人の目に触れる機会も多い。伝説の騎士イル・ファラーサの傍《そば》にあった月蝶は、光り輝く羽を持っていたと言うのが通説だ。その通りなら、他の蝶と間違うことは絶対なく、一目で月神の使者だと判るだろう。

月の光の下でひらひらと月蝶が飛ぶところを想像し、うっとりとするハーニャに、学者は笑いながら地図を指差した。

「今回は山の中を重点的に探すつもりなんだ」

ここ、と示したのは別荘地の背後に広がる山の中腹にある湖。道は通っているが、山深い奥地を訪れる物好きは多くはなく、観光名所にすらならない場所だ。

「結構近いんですね」

「まあね。まずは身近なところから始めようかと思って。島の調査は初めてだから」

「見つかるといいですね、卵」

「そうだね。だけど見つからなくてもその過程が楽しめればいいとも思うんだ。せっかく来たリュリユージュ島だから、思う存分楽しめる七日間にしたいと思っている」

その気持ちはハーニャにもわかる。何かを得る前の昂揚《こうよう》感は、何にも増して代え難いものだ。それはどこか恋に似ている気がする。ふわふわと浮かれ、会いたくて、声が聞きたくて、堪らなく好きだという気持ちが溢れて止まらない。そして、会ってしまえばもっともっと好きになるのだ。

（ジョージィさんに会いたいな……）

ハーニャはほんわりと口元に笑みを浮かべた。それからはっとする。

「すみません。お話が楽しくて、つい長居してしまいました。僕はこれで失礼します」

「私こそ引き留めてしまったみたいでごめん。これからもよろしくお願いするね」

「はい」

笑顔で応えたハーニャは、ベルトランに一礼して部屋を出た。玄関前の広間には大勢の人足がいて、滞在中の荷物や食材を運び込んでいるところだった。彼らの邪魔をしないようそっと間をすり抜けて外に出たハーニャは、ベルトランの居場所を教えてくれた男が門の前で話しているのを見掛け、会釈した。

「さっきはありがとうございました」

「どういたしまして。君がこれからもここに手紙を届けてくれるイル・ファラーサなのか？」

「はい。この地域全般を担当しているハーニャ＝アーヴィンと言います」

「俺はジャッカス。ジャッカス＝クランだ。南のチャルサックの大学で教鞭《きょうべん》を取っている。専攻は植物学だ。よろしくな」

差し出された手を握ると、しっかりと肉厚な男の手に握り返された。

「こちらこそ、よろしくお願いします。月蝶を探しに来たって伺いました」

「ああ、ベルトランと意気投合してな。俺の書いた論文に興味があるって言うんで話すようになって、その流れで今回ベルトラン主催の調査団に加わらせて貰った」

「どんな論文なんですか？」

「月蝶は食事をするか否か——馬鹿らしい題だろう？　だが生態を知るのは食事風景を知ることから始まると俺は思っている。もしも月蝶が何かを食べたり、他の蝶と同じように蜜を吸って生きているのなら、この島にはそんな特別な花が咲いていることになる。それを探しに来たわけだ」

明るい声で目的を話すクランは、三十代の半ばから後半に見える。いかにも肉体派だと主張している引き締まった体をしており、細身のベルトランと同じ学者とは思えない力強さを体中から漲《みなぎ》らせていた。

「食べることは大事ですもんね」

「そうだろう？　いろいろな方向から観察してみるのが、俺たち学者の役割みたいなものだからな」

庭石に腰掛ける男は、ふっと笑って前髪を払いのけた。意外と精悍《せいかん》な顔つきと服の上からでもわかる肉厚の体は、学者というより騎士や兵士のような逞しさだ。

「見つかるといいですね、月蝶の卵」

「見つからなくても、せっかくリュリュージュ島まで来たんだ。ついでに観光気分をも味わわせて貰うつもりだ。ベルトランには内緒だぞ」

人懐こく笑う男の目尻には皺が寄り、黙っていれば近寄り難い雰囲気がそれだけで柔らかくなる。

「手紙や荷物が届いたらよろしく頼む。山の中にいる時には、誰かに預けておいてもらって構わない」

「無色ならそれで構いませんけど、色付だったらどうしますか？」

無人の場合でも無色は投函が可能だが、色が付けば手渡しは絶対だ。

「色付のやつはまず来ないと思うが……そうだな、その時には邸に残っている誰かに言伝《ことづけ》てくれれば、こちらから取りに行く。イル・ファラーサの建物はすぐにわかる場所にあるんだろう？」

「リュゼットの町の誰に訊いても教えてくれますよ。それじゃあ色付は取りに来ることもあると、事務方に伝えておきます」

簡単に今後の打ち合わせを終えたハーニャは、別荘地を後にした。帰りにジョージィが偽名で所有していた別荘に立ち寄り、管理人の夫婦と少し話をしたハーニャは、瑞々《みずみず》しく輝く赤い苺《いちご》が実る菜園の前にしゃがみ込み、独りごちた。

「やっぱり僕から会いに行った方がいいよね」

本物の恋人にしてくださいと伝えたい。二度目なのだ。ジョージィの欲求を中途半端に煽ったまま帰ってしまったのは。

「この間のは別に僕のせいじゃないけど」

覗き見とはいえ、他の誰かとの密着した抱擁を見せられてそのまま行為を続けられるわけがない。あれに関しては、寝室に置き去りにされた自分の方が被害者だと思っている。

もしも覗き見しなかったら——と思わなかったわけではない。だが、その場合には他の腕を抱き締めた腕に触れられることになったはずで、そう考えると見てよかったとも思うのだ。どちらにしても、あの状態のハーニャを長い時間寝室に一人だけにしたのは男の落ち度だ。抱き合っていた男との関係は気になるし、胸の痛みはまだ健在で、残されたまま。

鞄に入れた手紙の封を切る勇気はない。怒りくらいならいいが、もしも別れを切り出す言葉が書かれていたらと思うと、怖くて開けることが出来ないのだ。

それでも、会えないでいることの方が辛く寂しくて、一日中ジョージィの顔が浮かんでしまい、会いたい気持ちが勝るのだから、恋は本当に複雑だ。

別荘を去る時に男が植えるよう指示していた苺の苗《なえ》は、少しずつ時期をずらして実がなるものばかり。一年中収穫が可能だと、入院していた時にハーニャが話したことを、しっかりと覚えてくれていたことを嬉しく思いながら、ため息は止まらない。

そっと一つ摘《つま》み上げ、白い歯を立てた果肉は弾力のある適度な固さで、甘酸っぱい果汁がすぐに口の中いっぱいに広がった。

しばらく苺を眺めていたハーニャは、おもむろに手を伸ばし、ぷちぷちと摘《つ》み始めた。これを持って会いに行こう。自分に非はないけれど、届け物をするだけならいいよね、と何だかわからない言い訳と理由を掲げて。


支部に戻り、事務のモリシンに調査団の要望を伝えたハーニャは、宿舎に戻って私服に着替えると、夕方の日差しの強い中、総督府に出掛けた。

手に提げた籠《かご》の中にはきれいに洗った苺が収められ、白い布が被せられている。別荘で思い立ったそのまま、ジョージィに会いに総督府までやって来たハーニャは、諸手続きや面会のため受付に並ぶ人々とは別に、総督の執務室へと続く渡り廊下へ足を向けた。先日抜け出した時に使った道を辿って執務室に向かうつもりで、建物の中に向って歩き出した。総督の執務室まで辿り着けば——と思っていたのだが、

「そこのお前、何をしている。ここは一般人は立ち入り禁止だ」

いきなり立ち塞がる警備兵にぎくりと体を震わせた。臙脂《えんじ》色の制服を着た大柄な警備兵は、不審も露わにハーニャを睨みつけた。

「あの、僕は総督にお会いしたくて」

「面会の約束はしているのか？」

「……いえ」

「ならば帰れ。総督は忙しい」

警備兵はハーニャを追い返そうと近づいて来る。

「待って。少しだけ、少しだけ話が出来ればいいんです」

ハーニャにしてみれば必死だ。本人をすぐ目の前にしながらここで追い返されてしまえば、せっかく振り絞った勇気がどこかに消えてしまいそうなのだ。

ハーニャにしてみれば正当な理由だが、生憎《あいにく》警備兵にそんな二人の関係などわかるわけがない。総督に面会をするなら事前連絡が必要、その連絡をしていないものはすべて不審者として対応する。警備兵として、排除するために動くのは当然の態度だ。

「用があるなら受付で申請しろ」

ドンと肩を押され、思いの外《ほか》強い衝撃に咄嗟《とっさ》に対応できなかったハーニャの体が傾く。ふわりとミルクティ色の髪が揺れ、体勢が崩れた弾みで持っていた籠が地面にポトリと落ちる。

「あ」

籠から飛び出てしまった赤い苺が視界に入り、慌ててハーニャはしゃがみ込んだ。

「苺が……」

そうして拾おうと伸ばした指の先に映ったのは、軍靴。ぐしゃりという音が聞こえたような気がした。黒い軍靴の下に見える白と赤の色。無残に踏み潰されてしまった苺を前に、ハーニャは思わず声に出していた。

「酷い……踏むなんて……」

だが、警備兵はそんなハーニャの呟きを不機嫌な声で一蹴《いっしゅう》する。

「不審なものを持ちこませないのも我々の任務だ」

言いながらさらに踏みつけようと上げられた足を見た瞬間、ハーニャはその足を掴《つか》んでいた。

「踏まないで！　足を退《ど》けて！」

小柄なハーニャではあるが、いきなり足を取られた警備兵も態勢を崩し、一歩二歩と後ろに下がる。それが警備兵の自尊心に火を点けたのか、頭に血が上った男は地面に蹲《うずくま》り苺を拾うハーニャの頭の上に足を振り上げた。

下を向いて一心に苺を拾い集めているハーニャは気がつかない。頑丈で分厚い軍靴で蹴《け》られれば脳《のう》震盪《しんとう》を起こすだけでは済まない結果になるのは必至だ。

屈強な警備兵の足は大きく振り上げられ、そして――。

「そこまで」

ガツンと軍靴の底に当たったのは頭ではなく、もっと固い剣の鞘《さや》だった。

その時になって初めて自分の危機的状況に気づいたハーニャが顔を上げると、銀髪を撫で付け、灰色の騎士服を着たボイドが剣を片手に立っている。ボイドが顔に微笑を浮かべたまま剣を横に払うと、警備兵は踏鞴《たたら》を踏んで倒れ込み尻餅をついた。

ハーニャの目には軽く払っただけにしか見えなかったが、大柄な警備兵が倒れたところを見ると、そのつもりで力を入れていたのだろう。

ぼんやりと見上げるハーニャの隣にしゃがんだボイドは、潰れてしまった苺を見て眉を顰《ひそ》めた。

「これはあの方に？」

「そのつもりだったんですけど……食べられなくなってしまいました……」

言葉に出してしまえば余計に悲しくなり、声は震えてしまう。

「そうですか。でも、大丈夫そうなのもありますよ」

手袋を嵌《は》めた手が脇に転がっていた一つを摘まみ上げ、パラパラと土を払う。形をそのまま保っているのは三個しかなく、その他は落ちた弾みでへこんでいたりとあまり状態はよくないが、ボイドは完全に潰れてしまったものはハンカチに包み、落ちていた籠に無事だった苺を入れた。

「これは私が渡しておきましょう」

「しかし」

抗議の声を上げかけた警備兵をひと睨みで黙らせたボイドは、ハーニャに対しては笑みを湛《たた》えたまま手を取って立たせた。

「せっかく来ていただいたのに申し訳ないんですが、もうずっと総督府に籠もり切りなんですよ」

「仕事、本当に忙しいんですね」

「そんなところです。今まで好き勝手にしていた罰だと思って、しっかりと働いて貰いましょう。ただ、そんな調子なものですから暫くはお会いできる時間が取れなさそうなんです」

ハーニャが総督府に面会を申し出れば、何を差し置いても応じるとは思うのだが、ボイドもさすがにそれを口に出すことはしない。

「いいんです。仕事の忙しさをわかってなかったし、僕も悪かったから。最初からちゃんと受付に並んでいたらよかったんです。みんなちゃんと順番守ってるのに、ジョージィさんに会えるかもってずるしようとしたから天罰が当たってしまいました」

えへへと笑ってハーニャは、「ありがとうございました」とボイドへ頭を下げた。

「大丈夫。あなたが来たことは私の口から必ず伝えておきます。仕事が一段落すれば、きっとあの方もあなたに会いに行くと思います。その時には拒絶しないでくれますか？」

「拒絶って……僕、拒絶なんかしてないですよ」

はてと首を傾げたハーニャに、ボイドは二本の指を立てた。

「二度」

「二度？」

「二度、置き去りにして帰ってしまったでしょう？　もうあの後は大変だったんですよ。うんざりするくらい荒れて荒れて……それからずっと愚痴を聞かされてしまって、耳栓を買ってしまいましたよ」

ほらと制服のポケットから出された小さな茶色の物体は正真正銘の耳栓で、思わずぷっと吹き出してしまったハーニャである。

「ジョージィさん、なんだかしつこそう」

「よくおわかりで。もうあの男のしつこさというか、ねちっこさはどうしたもんかと思います。ハーニャさんもそのうち嫌でも実感するはずなので、心しておいてくださいね」

笑うボイドは籠を抱えたままハーニャの手を取った。

「門までお送りしましょう」

「え、でも忙しいんでしょう？　護衛なら近くにいなくちゃいけないんじゃないですか？」

「今は大丈夫です。私よりよほど腕の立つ方と面談中なので」

だから公邸に帰りが遅くなることを伝えに寄ったのだが、そのことにボイドはほっと胸を撫で下ろしていた。少しでも気がつくのが遅ければ、ハーニャは大怪我《おおけが》を負っていた。その時に起こる惨事は容易に想像することが出来る。今も不満を隠すことなく佇《たたず》んでいる警備兵は、ボイドによって自分が救われたという幸運を何もわかっていないのだ。

「手の掛かる方ですが、どうぞ見捨てないでやってください。あなたにいいところを見せたくて、一生懸命頑張っているところなんです」

「そんなこと」

「そんなことあるんですよ。そうですね、ちょうどいい機会です。門に着くまでの間に今までのあの方がどれだけいい加減な生活を送っていたか、教えて差し上げましょう」

ハーニャの背中に手を添えて先へと促し、後ろを振り返ったボイドは口だけを開いて警備兵へ言った。

「後で詰所へ」

と。

「さて、どこからお話しましょうかね。兄大公が亡くなったところからが妥当でしょうか……――」

ボイドの巧みな話しぶりに、落ち込んでいたハーニャの気分も上昇する。ジョージィが腹を立てていなかったと知り、単純なハーニャは素直に喜びを顔に出した。第三者から見ても忙しいという事実は、会えない正統な理由であり、決して会いたくないと思っているわけではないのだと、確かな希望を持たせてくれる。

(忙しくなくなったら)

今は我慢して、忙しくなくなった時に堂々と会えばいい。その時には絶対に何があっても拒まない。それだけの心積もりを持つ猶予《ゆうよ》を与えられたと思っていればいい。


ハーニャを門の前まで送ったボイドは、そのまま最初の目的である公邸への伝言を済ませ、その後、ハーニャに暴行を働こうとした警備兵を連れて詰所へ赴き、責任者に引き渡した。

「総督からの指示があるまで身柄を拘束しておくように」

そう言い置いて向かった総督の執務室では、ちょうど面談を終えた相手が出て来たところだった。

「もうお帰りですか?」

「手紙は届けたし、用は済んだからな。長居する理由がない」

何を当然のことを言うのだと眉を上げたエン＝スティーシーは、ボイドが持つ籠を見て今度は首を傾げた。そんな仕草は顔だけみれば非常に可愛らしいのだが、待っているだろう報復が怖くて誰も口にすることが出来ない。

「それは」

「苺ですね」

「――アーヴィンか？」

「ええ。ついさっきまでご一緒させていただいていました。門を出たばかりなので急げば追いつけるかと」

気を利かせたつもりのボイドだったが、エンはひらひらと軽く手を横に振った。

「仕事は終わってるんだ。アーヴィンだってもう子供じゃない。自由時間にまで上司と顔を会わせたくもないだろ」

「それは始終大公についている私への嫌味ですか」

「嫌味？　違うな、同情さ」

笑うエンがクラリッセ大公を快く思っていないのは、ボイドも知っている。可愛い部下が大怪我をした理由が理由なだけに、その心情はわからなくもない。仕事上の付き合いは付き合いと割り切ることが出来る大人だが、極力顔も見たくないというのが正直なところだろう。ついでに言えば、ジョージィの方は完全に苦手意識が先行しており、こちらも出来るなら顔を会わせたくないと願っているのがよくわかる態度だ。

「また首都からの手紙だったんですか？」

「手紙もあるが、それだけじゃない。さっきまで警備隊長もいた。なんだか面倒なことになってるみたいだぞ、あっちは」

あっちと指差したのは島から見て東側、首都のある方角だ。

「まさかまだ大公家の問題が？」

国主が調停に乗り出して決着がついたと思っていたのだがと眉を顰めたボイドに、エンは違うと首を振った。

「国宝級の首飾りが盗まれて、その犯人がリュリュージュ島に入ったらしい」

「らしい？」

「正確な情報じゃない。ただ、島の出入りには厳重な警戒が必要だ」

エンはそれはもう嫌そうに舌打ちした。

「ただでさえ揉め事が多くなってるってのに、手間掛けさせやがって」

その舌打ちは、島に逃げ込んだとされる犯人に対してなのか、それとも観光客らの揉め事が多発していることに対してなのか。

「警備だけじゃ手が回らない時には、イル・ファラーサからも色付を寄越せと抜かしやがった。首都の連中は俺たちを何だと思ってやがる。ただの配達屋に過度な要求をするんじゃねえ」

美少女に匹敵する顔で吐かれる毒に、ボイドは内心ご苦労様ですと頭を下げた。白金のエン、そして配下に持つ赤と紫の局員。彼らの腕は一般の警備兵を遥《はる》かに上回る。ボイドでも紫と対すれば勝率は五分五分というところだ。逆に言えば、それくらいの腕を持っていなければ、手紙に付いてくるかもしれない危険と対峙《たいじ》することは出来ないということだ。

「仕事が優先で手が空けば回すが、あまり期待はするな。首都からも応援を派遣すると言って来ている。そのつもりでいるよう、大公にも話したところだ」

それじゃあなと手を上げて去って行く白い背中を見送って、ボイドは空いていた扉の中を覗いた。

案の定、眉間に深い皺を刻んだジョージィが机に肘をついて不機嫌極まりないと体中で伝えている。

島の統治に関しては才能あるクラリッセ大公だ。対処は万全に出来るだろう。だからそこまで不安には思っていないのだが、私生活もうまく行っていないところでこの忙殺状態に放り込まれたのだから、苛々するのも無理ない。

（つまりはハーニャさんとまた暫く会えないってことですね）

まさにちょうどいい時にハーニャが訪問してくれたことになるのだが、会うことが出来なかったのを知った男がどんな反応を示すのか、少し怖いなと籠を見つめボイドは思う。それでも護衛として仕えるボイドには、知らせる義務がある。ハーニャの訪問と手土産と、そして手土産が汚れている理由を。

（この憤懣《ふんまん》を正の方向にぶつけてくれるといいんですがね）

庶務能力は高い大公である。暫くは総督府に籠って采配を取って貰うことになりそうだ。

「大公、今戻りました」

「遅かったな」

「ええ、少し寄り道したので。さっき廊下でイル・ファラーサの局長に会って話を聞きましたよ」

「どうせ手紙を持って来るならハナにして欲しいぞ」

ブスリと不機嫌に肩を竦めたジョージィは、すぐにボイドが持つ籠に気づきはっと身を乗り出した。

「それは……もしかしてハナか?!」

「よくわかりましたね。愛の力は偉大なんですねえ。はい、ハーニャさんからの届け物です」

そっと机の上に乗せられた籠をひったくるようにして中を覗いたジョージィだが、その笑顔はみるみるうちに強張って行く。

「……おいボイド、これは一体どういうことだ?」

「見た通り。少し手荒な真似をされまして――っと、そんなに怖い顔しなくても大丈夫です。落ち着いてください。私が助けに入りましたから。ご無事ですよ、ハーニャさんは。苺はご覧の有様ですけど」

襟を締め上げられたボイドは、やんわりと男の手を離させた。

「何もないんだな?」

「はい」

「あいつは何か言ってたか?」

「仕事頑張ってくださいと」

「それだけか?」

頷いたボイドにがっくりと首を落としたジョージィだが、上げた顔に浮かんでいたのは落胆でも激高でもなく、苦笑だった。それも「しようがないなあ」とでも言いたげな、そんな甘い表情で。

「そうだった。あいつはそんな奴なんだ。本当に鈍感で男心を何もわかっちゃいない」

だがそんなところが可愛いのだ。初心で真面目で一生懸命で、男の大事な恋人だ。気まずい別れ方が続き、書いた手紙にも返事を寄越さず、いろいろと腹を立てていたこともあるが、わざわざ訪ねて来たという事実は、蟠《わだかま》りも何もかもを吹き飛ばす威力を持っていた。

ジョージィは苺を摘み上げると、そのまま口の中に押し込んだ。

そして眉を寄せて言う。

「――酸っぱい。ハナのやつ、いつもいつも――」

言葉の続きは声になりはしなかったが、黙って食べる顔は幸せに満ちていた。

「何かいいことあったのか?」

朝、宿舎の食堂で朝食を食べていたハーニャは同僚のミッキーに声を掛けられて首を傾げた。

「いいこと? いつもと変わらないと思うけど」

「そうか? 昨日までは元気なかったからさ、暑さに参ってるのかと思ってた」

「暑いのは嫌だよねえ。朝はいいんだけど、昼には日差しがきつくって。ミッキーは焼けてるね」

「お前はあんまり焼けてないな」

「日焼けするより赤くなってひりひりするから、移動する時は長袖着てるんだよ。だからあんまり焼けてないんだと思う」

せいぜい鼻先が赤くなっている程度だ。

「綺麗に焼けるのが羨しい」

「外回りが多いと焼けるのが当たり前になっちまうからなあ。休憩は取ってるんだろ？　ばてて馬から転がり落ちないように気をつけろよ」

「それは経験者の台詞？」

いつも元気で明るい同僚との会話も弾む。言われるまで意識はしていなかったが、確かにここ暫くずっと男のことが頭の大半を占め、余裕らしい余裕はなかった気がする。だが昨日のボイドの話を聞いて、男もまた自分の責を果たそうと激務に励んでいると知らされた。

昨夜、宿舎に戻ったハーニャは狭い部屋には不似合いな大きな寝台に横になり、久しぶりに安眠することが出来た。この部屋の中には男の想いが溢れている。壁に掛けられた高名な絵描きが描いた絵も、ぴかぴかに磨かれた鏡も、顔を埋める枕もすべて男からの贈りもの。それらはハーニャの心を守ってくれる宝物だ。

仕舞い込んだままだった手紙を開封し、綴られていた体を案じる言葉に安堵した。その他に書かれていたのは、他愛のない日常の話題だったり愚痴だったりで、そこに自分に対する気遣いを感じて嬉しくなる。

あの時抱き合っていた人物のことは気になるが、それは会えた時に直接自分の口で訊けばいい。

(疑っちゃ駄目。時間が出来たらちゃんと話そう。そしてもう一度ちゃんと言おう。好きですって)

「ハナ？　おい、早く食べないと朝礼に遅れるぞ」

ぼんやりしていたハーニャはミッキーの声掛けに慌てて手を動かした。暑い一日を乗り越えるには食べることこそが最も重要な仕事なのだ。

「わかった！　すぐ食べ終わるから待ってて」


イル・ファラーサ支部ではほぼ普段通りの一日が始まったが、総督府は違う。朝の開庁と同時にやって来る島民への対応に追われる職員の傍ら、ジョージィは朝も早くから島に逃げ込んだかもしれない窃盗犯への対応に追われていた。それだけならまだよかったのだが、昼前に入って来た警備隊長からの報告は、さらに面倒なことを教えてくれた。

「薬物による被害が広がっている？」

「正確に言えば、幻覚症状に襲われた人間が起こす被害だ」

机の上に投げ出された報告書には、ここ十日の間で増加した中心街での事件が並べられていた。家屋の破壊に傷害事件、喧嘩に自傷行為など今まで島の中ではあまり見られなかった内容が羅列されている。

「これの原因が薬物だという証拠はあるのか？」

「医師の診断書もつけている。藪《やぶ》じゃないぞ。念のため、一部は首都に送って検査もして貰った」

「おい、そんな話は聞いていないぞ」

「当たり前だ。今言ったばかりだからな」

ジョージィは目の前の椅子に座る年上の男を睨みつけた。もう五年はリュリュージュ島の警備隊長を務めている男は、赴任した当初からこんな態度で総督に接する。彼曰《いわ》く、島の治安を守るという意味で総督は政治を、警備隊は島の治安を保守すると役割分担しているからには、態度は対等で当然だということらしい。以前の老総督にも同じ態度だったのかと、嫌味半分尋ねれば、真面目な顔で「そうだ」と返され、それ以来口調についてとやかく言うのは諦めている。そっちがそれならこっちも素《す》で対応するまでである。

「その薬物の入手経路はわかっているのか？」

「貰ったとしか言わない。売人を捕まえたが下っ端過ぎて何もわかっちゃいなかった。もっと上の連中を捕まえて吐かせるしかないだろうな」

「広がっている範囲は中心街だけか？」

中心街はいわゆる歓楽街で、酒場や楼閣が多く立ち並び、島の中で一番治安が悪いと言われている場所でもある。

「中心街と港近辺だ」

「――密輸か？」

「かもしれんが、正確なところはわからん。今は船には監視をつけて見張っている。怪しい風体の人物が出入りすればすぐにわかるはずだ」

国外から持ち込まれたのか。それとも国外へ持ち出すつもりだったのか。どちらの場合にしても、ついでだからと小遣い稼ぎに島の住人へ売りつけている可能性が高い。それでなくても今は多くの観光客が島に滞在している。一過性の快楽を得るためだけに手を出す浮かれた人々は、連中にとってまさに「金を落としてくれるイイ客」に違いない。他国から海を渡って来る船は別として、島に入るのに許可証は何もいらない。陸路からは体一つで誰もが自由に出入り出来る。持ち込もうと思えば薬物でも宝石でも持ち込めないことはないのだ。

「頭が痛いな……。国宝級の首飾りと薬物か。窃盗犯との関わりはないだろうな」

「それはないだろう。宝石を盗んだ犯人がもしも島の中に紛れているとすれば、薬物に手を出して自分にとって危険極まりない状況を作り出す必要はないからな」

あくまでも国宝級であって国宝ではない。だが、ジョージィとも縁戚関係にある親王家所有の宝石が夜会中に盗まれたのは外聞も悪く、親王家は早期解決を望んでいる。

「いざとなったら島の出入り口に検問を作って炙《あぶ》り出すか。焦ってボロを出してくれれば儲《もう》けものだ」

男が知る限りでも、前総督が五回ほど検問を実施している。そのうち二回は国主が来島した時の警備上の安全を確保するためで、残り三回は今回と同じように危険物の検査が理由だ。

「国主においで願うか」

ジョージィの呟きに、書面を捲っていた警備隊長の指が止まった。

「は？」

それらしい理由は必要だ。だが薬物が持ち込まれていることや窃盗犯のことを公にすれば、相手にこちらの手の内を知らせることになり、のんびりと暮らしている大多数の善良な島民に不安を抱かせることになる。薬物が蔓延《まんえん》している危険な島という噂が走り、島の評判を下げるのも避けたいところだ。

「国主においで願うって、出来るのか？」

不審そうな警備隊長だが、ジョージィは疲れの滲み出た顔にニヤリと笑みを浮かべた。

「こういう時に国主の親戚だという肩書が役に立つな。俺は国主の甥《おい》だ。避暑に来るよう願っても、特におかしくはないだろう？　来るつもりでこっちは準備する。ただその願いに応えるかどうかは、国主次第だ。来るかもしれないし、来ないかもしれない」

「——あざといな」

「なんとでも言え。早く片付けばそれでいい」

どこにそんな自信があるのかと思える男の表情に、警備隊長は両手を上げた。

「総督に任せる。そっちは俺たちの管轄外だ。詳細はその都度知らせてくれ」

簡単なやり取りを終えて警備隊長が部屋を出て行くと、それまで黙っていたボイドが口を開いた。

「国主が聞いたら叱られますよ。勝手に利用してと」

「島の治安維持に一役買うんだ。咎《とが》めはしないだろう。そもそも俺を総督に任命したのは伯母君《おばぎみ》だからな、名前は大いに使わせて貰う。威を借りていると言われようが、そんなことはどうでもいい。早く片付ける方法があるなら、それを利用しない手はない。窃盗犯だけならまだしも、実際に薬物が原因で被害が出ているんだ。死人が出てからじゃ遅い。——おい、なんだその目は」

「いえ、そういうことにしておきましょう。早くに島が落ち着けばその分ハーニャさんに会いに行くのも早くなりますからね。そりゃあ使えるものは何でも使うでしょうよ。うまく行けば三つも問題が片付くんですからね」

窃盗犯に薬物売買にハーニャ。

島の平穏を早く取り戻すために、そしてハーニャと心置きなくゆっくり過ごす時を得るために、ジョージィはこれから数日に亘《わた》る激務を覚悟した。


中央で小さくはない出来事が複数進んでいる頃、ハーニャはほぼ毎日のように別荘地に足を運んでいた。調査団が滞在する邸では、最初に言われていたように、ベルトランもジャッカスも不在の時もあったが、彼らのどちらかがいる時には調査の進み具合や山の中で見つけた珍しい植物や昆虫の話を聞いて時を過ごすこともあった。

その日、ハーニャが別荘を訪れると頬を紅潮させたベルトランに迎えられた。

「どうかしたんですか?」

窓の外から白い制服が見えたのだろう、開かれた玄関から走り出て来たベルトランは、早く馬から降りてと急かすとそのままハーニャの手を取って屋内に連れ込んだ。

「月蝶の産卵場所が見つかったかもしれないんだ」

「えっ?!」

「ほら、ここ。この湖」

指差したのは、先日調査に行くと言っていた別荘の背後にある湖だ。

「現地をずっと歩き回っていたら、洞窟を見つけたんだ。湖の反対側に岩盤があって、そこの隙間から入ることが出来た。中に入ったら広い空間があって、鱗粉《りんぷん》が落ちていた」

「じゃあそこが？」

「たぶんそうだろうと思う。ただ、産み付ける場所がどこにもないから、もしかするともっと奥の方なのかもしれないけど。でも月蝶がいるのは間違いない」

飛び跳ねるベルトランにつられてハーニャのミルクティ色の髪がふわりふわりと揺れ跳ねる。

「明日、もう一度行ってもう少し詳しく調べてくる。嬉しいなあ、わくわくする」

子供のように瞳を輝かせるベルトランの手からじわりと楽しさが伝染して来て、ハーニャの顔にも笑みが浮かんだ。

「見つかるといいですね」

「産卵の時期がいつかもわかっていないから、今回もし見つけられなかったとしてもまた次の機会がある。うん、これは大発見だよ」

「それは本当に卵を見つけてからの話だって言ってるだろう」

苦笑いしながら室内に入って来たのはジャッカスで、彼はベルトランの頭をこつんと軽く叩いた。

「ちゃんとした確証があってこそだ。口が軽い学者は出世しないぞ」

「つい嬉しくて。すみません、クラン博士」

学者の研究は各々価値がある。自分の研究の途中経過を簡単に話題に上らせて、競争相手に出し抜かれたという話は、そこら中に転がっている。月蝶を調査するために島入りしている他の研究者の耳に入れれば、それこそ今までの地道な研究が台無しになってしまうのだ。軽々しく漏らすなというジャッカスの言葉は正しい。

「ということでアーヴィン君、内緒にしててくれるかな？」

「もちろん。僕の口は堅いから大丈夫ですよ」

「それならよかった。口止め料はいるかい？」

大発見に繋がるかもしれないとにこやかなベルトランに、ハーニャは少し考えて甘えさせて貰うことにした。

「もし出来たらでいいんですけど、今度湖に行く時に一緒に連れて行ってくれますか？　どうせ口止めされるなら、僕もちょっと見てみたいです。月蝶がいるかもしれない湖を」

「どうする？　クラン博士」

ジャッカスは眉と肩を同時に上げた。

「構わないだろう。まだ確定しているわけじゃないからな」

「クラン博士、私の夢を壊さないでください」

「悪い悪い。俺は見たままのものしか信じない性質なんだ。実際にこの目で見ることが出来れば信じるさ」

「クラン博士はね、違うって言うんだよ。あそこには卵から孵《かえ》った月蝶の幼虫が食べる餌《えさ》がないからって」

「餌は必要だろう？　人間も動物も植物だって何かを食べて生命を繋いでいるんだ。月蝶が生き物である以上、何らかの餌が必要だ」

「ほらね、現実的だろう？　ご飯は大事だけど、それはこの際二の次。生まれた場所が確定されたらそこで何を食べているのかを調べればいいのに」

「というふうに、山から戻って来てからずっと平行線を辿っているんだ、俺たちの意見は。山には俺も一緒に行くが——たぶん明日は無理だろう」

ジャッカスの目は窓の外に向けられていた。見れば先ほどまで明るかった空が暗く陰っている。

「君も早く帰った方がいい。ひと雨来るぞ」

「ああ、にわか雨ですね」

夏は特に気候が不安定になり易《やす》く、夕方や夜にかけて雨が降ることも多くなって来た。一過性の場合がほとんどなので被害らしき被害はないのだが、濡れないに越したことはない。

「雨が降ったら山には入らないんですか？」

「足場が悪い中で無理をすると事故に繋がるからね。本当はもう少し長く晴れた日が続いて欲しかったんだけどなあ」

「諦めて論文の下書きでもしているんだな」

「それはクラン博士も一緒ですよ。ここに来てからまだ一度も本に向かい合ったところは見たことがないですよ」

「頭の中に書いているんだよ、俺は」

賑やかに言い合う二人の和気《わき》藹々《あいあい》とした様子に、ハーニャはくすくすと笑った。

「わかりました。雨が降ったら明日はないってことですね。明後日なら僕も休みだから大丈夫です」

イル・ファラーサ局員の休みは申請制で、不定期ではあるが保障されている。連続勤務は十日までと制限され、三十日の間に六日の休みを取るのは絶対だ。地区担当局員が休みの場合は代替として控えている局員が代わりに配達に行くよう割り当てられ、配達に穴があかないよう勤務体系が整えられている。

「じゃあ来る時には重装備を忘れずにね。昼前には出るから早めに来て欲しい」

「わかりました。晴れたら明後日の朝、伺います」

約束をしてハーニャは、彼らから預かった手紙の束を鞄の中に入れて別荘地を後にした。曇っていると思っていた空には、先ほど室内から感じたのよりもさらに分厚く黒い雲が立ち込めている。

「急がなくちゃずぶ濡れだ」

中の手紙が濡れないよう、鞄の表面は蠟《ろう》が引かれて水を弾くよう処理されているが、雨に濡れて風邪を引いた経験のあるハーニャは同じことを繰り返す気はない。

「頑張って走ってね」

愛馬の背中を軽く叩き、イル・ファラーサ支部に戻るためハーニャは駆け出した。途中で雨に降られたら、大公の別荘で雨宿りをさせて貰うつもりだったが、何とか町に辿り着くまでは降られることはなかった。そこで馬の脚を緩めたのが悪かったのか、支部の建物を目前にして急に降り出した大粒の雨に慌てて馬を走らせるが、建物の中に駆け込むまでのほんの少しの間に、白い制服はぐっしょりと濡れてしまった。

濡れた愛馬の体から水気を拭い取り、後の世話を厩務《きゅうむ》員《いん》に頼んだハーニャは、鞄をしっかり抱き込んで建物の中に駆け込んだ。見ると入り口近辺には、ハーニャと同じように雨に濡れた局員たちが数名たむろしており、急遽《きゅうきょ》火を入れられた暖炉の前で濡れた制服を乾かす光景が広がっていた。

「よおハナ、お前もぐっしょりだな」

雨にぺたりと濡れた髪を張り付けて笑うミッキーは、暖炉の正面を陣取っている。

「町についたら安心しちゃって。もうちょっと頑張って走ればよかった」

ハーニャも鞄を下ろして上着を脱ぎ、暖炉前に置かれた柵に掛けた。真夏でもいきなりの雨に降られれば体は冷え切ってしまう。そのため、普段は冷たいものを用意している支部の食堂でも、今は熱いスープや熱々の食べ物が大盤振る舞いされている。

「はい、ハナちゃん」

「ありがとうございます、アンリエッタさん」

アンリエッタから貰った甘い香りを漂わせる紅茶の上には、オレンジ色の小さな花が浮かんでいた。

「疲れが取れる薬味よ。島で採れる花を蜂蜜と薬草と一緒に漬けておくの」

「食べていいんですか？」

「もちろん。食用だから安心してどうぞ」

ハーニャの他にも支部に戻って来たばかりの濡れた局員たちが、同じお茶をふうふう言いながら飲んでいる。一口含めば、広がる甘い芳香と少しだけ感じる慣れない味。

「慣れないとちょっと変な感じだけど、そのうち癖になるから覚えておくといいわよ。お店にも普通に売ってるものだから、欲しくなったらいつでも買えるわ」

飲みながらハーニャはコクコクと頷いた。島に来てもう大分経つが、実はあまり外出することのなかったハーニャには、目新しい情報だ。

「あ、そうだアンリエッタさん。出して欲しいって手紙を預かって来たんです」

「あらそう？　じゃあ貰っておきましょうか」

「ちょっと待ってください。今鞄から出しますから」

床に置いた鞄の蓋《ふた》を開け、ハーニャはベルトランとジャッカスから預かって来た手紙の束を取り出した。

「行先はいろいろみたいです。色付はありません」

どうぞと差し出したハーニャの動作と一緒に髪が揺れ、濡れた頭から水滴が一つ二つと手紙の上に落とされた。

「あ」

ハーニャもアンリエッタも、隣で見ていたミッキーも慌てた。インクが滲んでしまっては、大切な手紙を届けることが出来なくなってしまう。慌てて覗きこもうとするハーニャの頭を、

「駄目よ！　ハナちゃんは駄目！　また濡れちゃうでしょ」

アンリエッタが叫んでミッキーがハーニャの頭を押し退《の》けるという連携により、さらに水滴がつくという二次被害は回避された。

「もう！　気をつけてくれなくちゃ」

ぷんと頬を膨らませるアンリエッタに、ハーニャは体を小さくして謝った。

「ご、ごめんなさい……。宛名は？」

「ん、大丈夫みたい。外国宛と国内宛、それから島の中ね。あら一つは総督宛だわ」

「え？」

思わず顔を近づけかけたハーニャから、細い眉を吊り上げたアンリエッタが手紙を遠ざける。

「ハナちゃん」

「ごめんなさい。あの、それで総督宛って」

「ジョーゼフィティ＝クラリッセ大公宛よ。急ぎなら今日中に届けられるけど、どうする？」

「特に急ぎとは言ってなかったです」

「それなら明日でもいいわね。色付でもないし。雨が降らなきゃいいけど」

窓の外は土砂降りがまだ続いている。普段の一過性の雨であれば止んでいてもおかしくないだけの時間が経過しているが、この調子では明日もまた雨になりそうだ。

暖炉の前は意外に気持ちよく、眠たいなと思いながらぼんやり窓の外を眺めていると、ちょんとミッキーに肘をつつかれた。

「なあハナ、この手紙は別荘から持って来たんだろう？　総督と知り合いなのかな」

「その理屈、おかしくない？　知り合いだから手紙を出すんだと思うけど」

「あれ？　そう言えばそうか。首都から来たんなら顔見知りでもおかしくないもんな。どんな関係か聞いてるか？」

そんな関係、自分の方が知りたいと思いながらも、ハーニャは同僚の発言を嗜《たしな》めた。

「僕は知らないよ。それに僕たちの仕事は手紙を届けるだけで、他の事を詮索するのは禁止されているんだから、もし知ってたとしても言っちゃ駄目だと思う」

「よく言ったアーヴィン、その通りだ」

「げ、局長」

「エンさん」

二人揃《そろ》って振り向けば、髪を濡らしたエンが腕組みして立っている。

「お帰りなさい局長。さ、どうぞこの特等席へ」

そそくさと立ち上がり暖炉の正面を譲ったミッキーだが、簡単に見逃してくれるほどエンは優しくはない。

「お前、もう一度試験を受け直すか？　根本的な理念を忘れるような部下はいらねェぞ」

「えっ！　いや、それは……すみません、反省しています」

「今回は見逃してやるけどな、次に同じことを言えば遠慮なく追い出すからな」

「はいっ」

背筋をぴんと伸ばしたミッキーは大きな声で返事をした。

「よし、反省の意味を込めて俺の肩を揉め」

「畏《かしこ》まりました」

どっかりと胡坐《あぐら》をかいて暖炉の前を陣取ったエンの背後に回ったミッキーは、そそくさと肩を揉み始めた。それを見てくすくす笑いながらハーニャは、エンに話し掛けた。

「エンさんも配達に行っていたんですか？」

「配達半分、掃除が半分だな」

「掃除？」

首を傾げたハーニャに、エンはにやりと唇の端を吊り上げた。

「おう。街で破落戸《ごろつき》を処理して来た。か弱い老人や女に絡むような連中だと手加減しないでいいから楽だ」

聞けば、配達の終わり際に路地裏で恐喝と暴行を行っている現場を見つけ、居合わせた警備兵と一緒に乱闘に参加したとのこと。

「……そこは手加減してあげましょうよ、エンさん」

「莫迦《ばか》言うな。誰が強者なのか最初に徹底的に叩き込むのが喧嘩の基本だぞ。手を抜くとつけ上がって刃物まで持ち出すからな。最初に圧倒的な力で首根っこ押さえて反撃する気力を失わせるのが労力を一番使わないで済む。合理的対処法だ」

「喧嘩って自分で言ってるし」

「何か言ったか？　ロス」

マイクス＝ロス。愛称ミッキーはぶんぶんと首を横に振った。

「エンさんは怪我してないんですか？」

「俺が怪我？　莫迦言うな。するわけないだろうが。あんな雑魚《ザコ》の掃除で怪我なんかすれば白金を返上しなくちゃならん」

「さすがエンさん、男前です」

「局長、かっこいい。俺、局長にずっとついて行きます！」

「お前ら、正直だなあ。当然のことを言われても、何も出て来やしないぞ？」

そう言いながら満更でもないように胸を張るエンの仕草に、ハーニャは笑い、ミッキーやアンリエッタ、やり取りに聞き耳を立てていた他の局員も一緒になって笑う。外は激しい雨が降っているが、イル・ファラーサの建物の中だけは明るい笑い声に満ち溢れていた。


結局雨が上がったのは、それから二日後のことだった。

晴れ上がった青空を満足そうに見上げ、ハーニャはわくわくしながら別荘地に向かった。濃い緑に囲まれた早朝の森の中はまだ雨露に濡れ、キラキラと陽光を弾いて輝いている。太陽の光を歓迎するかのように、森の中では普段よりも多くの動物の姿を見ることが出来た。

若干《じゃっかん》ぬかるんだ小径《こみち》ではあったが、通い慣れた径でもある。愛馬もハーニャ同様、鼻歌でも歌い出しそうなほど軽やかに脚を運んでいた。近場ではあったが、この二日の間、雨の中での配達ばかりだったので、馬としても機嫌は上々といったところだろうか。

前の部分が開いた袖なしのシャツの上から薄い長袖の上着を羽織り、綿素材のゆったりとしたズボンの下は編み上げのサンダルという軽装だ。山に入ることを想定して、長靴や手袋も準備している。

別荘に到着した昼前にはもう、ベルトランもジャッカスも背中に鞄を背負ってすぐにでも山に向かえる格好で、ハーニャを待っていた。

「長く歩くけど平気？」

「はい。馬に乗ってばかりいるように見えますけど、配達の仕事は結構体力勝負なところがあるから平気です。水筒も手拭いも手袋も持参しています」

それから寮で作って貰った食事も鞄の中に入っている。

「それじゃあ出発するか」

ハーニャが長靴に履《は》き替えるのを待って動き出したのは、ベルトランとジャッカス二人だけで、他の男たちは各々の仕事の手を止めることはない。

「全員で行くんじゃないんですか？」

「今日は確実な証拠があるかどうかを見つけに行くだけだからね。もしもそれで確定すれば、湖に野営地を作ってそこを行動の起点にするつもりだから、それまで彼らの出番はなし。元々荷物を運んで貰うために雇っただけだから、問題はないんだ」

山の中の小さな目印を探すには大勢の人の目と手があった方がいいが、最初から場所が判明しているのなら、専門家だけで編成されたわずかな人数の方が動き易いとも言える。

「僕が戻って来るまで自由に遊んでていいからね」

愛馬を別荘に残したまま、ハーニャはベルトランたちの後ろをついて獣道と言っても差し支えない山道に分け入った。賢い愛馬は、繋がれていなくても、自由気ままに主の帰りを待っているはずだ。

彼らが何度も往復を繰り返しているおかげで、顔に当たる部分にある無駄な枝は打ち払われ、足元の草も人が通れる幅だけは短く刈られている。正直もっと草深い場所を歩かなければならないと覚悟していたハーニャは肩透かしを食らってしまった。しかし地図上ではすぐ近くに見えた湖も、実際の距離はかなりある。水平方向ではなく、垂直方向にかなり登らなくてはならないのだ。

「大丈夫？」

「はい、何とか」

距離を歩くのは平気でも、勾配のきつい山道を歩き続けていれば息も上がる。早い時点でハァハァと呼吸が荒くなり出したハーニャと反対に、細く見えてもさすがは野外活動も行う学者というべきか、前を歩くベルトランの足取りは確かで息も上がっていない。

「僕、下山したらもう少し体を鍛えるようにします」

途中に休憩を何度か挟み、ようやく辿り着いたそこはハーニャの予想よりもっと開けた場所だった。

「すごい……」

山道を登り詰めてまず目に入ったのが、青い空をそのまま鏡のように映した大きな楕円《だえん》形の湖。手前に広がるのはなだらかな丘陵で、淡い緑に埋め尽くされた草原の先にある青い湖、そして湖の三方を囲む白い山の壁面。

青と白と緑の鮮やかな対比は、背後さえ振り返らなければそこが山の中だということを忘れさせてくれる。鳥が飛び、水面で遊ぶ姿まで含めて一枚の絵がそこにあった。

汗を拭うのも忘れてハーニャはその光景に見入った。

「鏡湖《きょうこ》……」

思わず零れた呟きに、ベルトランが「そう、これが鏡湖だよ」と頷く。

鏡湖とは字のまま、鏡のように凪《な》いで空や周りの風景をそのまま湖面に映し込む湖を指す。空の上から月神が覗く鏡とも言われ、世界各国各地に点在する同じ性質を持つ湖の総称だ。

「月神に縁のある湖なら月蝶が産卵場所にしていると考えても不思議はないだろう？」

嬉しそうなベルトランの言葉に頷く。

空の色をした湖の水は、傍に行って手に掬うと他の水と変わりない無色透明だが、岸から少し離れた場所は、もうすぐに青く見えた。透明度の高い水質と湖底の岩盤がそれこそ鏡の役目をしているからだと言う。

しかし、ハーニャは思った。光の屈折率や透過率がどうのと言われるよりも、ただ美しいというその言葉だけがすべてを表していると。じっと見つめているだけで、心の中まで映し出されてしまいそうなほど、それは引き込まれる青さだった。

その湖を横目にしながら縁に沿って歩くと突き当りは白い岩盤で、

「ほら、ここから中に入って行けるんだ」

ベルトランが示した場所には大人が一人通るのがやっとというくらいの隙間があり、その奥に広い空間が広がっているという。

「鍾乳洞みたいな感じですか？」

親族一同で地方へ旅行に出掛けた時に入った鍾乳洞は圧巻だった。ただ、圧巻過ぎたせいで、幼いハーニャにとっては寒くて冷たくて静かな世界という印象の方が強く、あまりよい思い出はない。

「雰囲気は似ているね。さあ入ろうか」

既にジャッカスは先に進んでいる。ハーニャが先に中に入り、それからベルトランが後に続いた。

隙間を歩きながらそう言えば明かりはあるのだろうかと心配になったハーニャだが、隙間を抜けた瞬間に明かりが不要なことに気づく。

「……光ってる……」

そこだけぽっかりと開いた空間は、壁面一面がきらきらと輝いていた。

「水晶だよ。ほとんどが水晶で出来ているんだ。びっくりだろう？」

薄い赤紫色の水晶の洞窟は、天井付近に開いた隙間から差し込む細い光を反射して白く輝きを放っていた。夜はともかく、昼間に明かりが不要なのは頷ける。きらきらと細かく煌《きら》めく水晶の柱が幾つも立ち並び、

（雪の国に来たみたい）

白く輝く世界は、絵本の中で見た雪国の宮殿を連想させた。その空間の壁際には深い淵《ふち》があり、外の湖よりもまだ青い水が静かに湛えられていた。脇の方にはこんこんと湧き出る水。淵から溢れ出す様子がないのを見ると、外の湖と繋がっているのだろう。

「ここが月蝶の産卵場所なんですか？」

「だといいなと僕は思っているんだけどね」

ベルトランは淵の近くに立つ水晶の柱に触れた。

「この柱に鱗粉が付いていたんだ。他の蝶のものかもしれないけど、でも花もないこんなところに付

くのがおかしい。新種の蝶かもしれないってクラン博士は言うんだけど、たぶん、探せばもっと蝶が飛んでいた痕跡があると思うんだ」

壁や天井など、細かいところには鱗粉だけでなく羽も落ちているかもしれない。八枚羽の蝶の死骸があればまず間違いはないのだが、とベルトランは説明する。

「でも、もしも卵を産むとしたらどこに産むのかな？」

ここにあるのは水晶の柱以外には淵と壁と天井しかない。洞窟の中にありがちな苔《こけ》のひと株もないのだ。

「君もそう思うだろう？　だから俺は言ってるんだ。ここじゃない別の場所だろうって。鱗粉は紛れ込んで来た他の蝶のもので、月蝶の産卵場所はここじゃない」

「でも」

ベルトランは不満そうに天井を見上げた。

「ここが条件的にもぴったりなんだ。空に近い山の上、鏡湖、それに澄んだ水」

「だとしてもだ。仮にここで卵を産んだとする。孵った幼虫はどこへ行く？　こんな水晶の上じゃあ、移動も大変だぞ」

「水の中に落ちて流れて行くとか？」

ジャッカスは呆れて肩を竦めただけだった。

そんなジャッカスを見ながら、もしも幼虫が淵に落ちたとすればどこに行くんだろうかと考え、ハーニャは何気なしに淵の端に近づき、膝をついて覗き込んだ。

「……あれ？」

ごしごしと目を擦り、そうしてもう一度淵の中に目を凝《こ》らしたハーニャは、そっと指先を入れ、小さな声で呟いた。

「あったかい……」

そして膝をついたままベルトランを呼ぶ。

「ベルトランさん、ちょっと来てください。この水、水じゃないですよ。あったかい水です。ええと、つまりお湯です」

「お湯？」

ゆっくりと近づいて来たベルトランは膝をつき、同じように手を入れ、眉を寄せた。

「本当だ、温かい……」

「ね？　お湯でしょう」

「うん。でも、この間触った時には普通の冷たい水だったよ」

「暑くなったからでしょうか？」

「いくらなんでも山の中の水がそんなに簡単に湯に変わるわけがない。この島に火山はないから地熱で温まったとも思えないし」

「でも、それだけじゃないんです。ずっと底の方。見えにくいかもしれないけど、何か光ってる気がしませんか」

「壁一面が水晶なんだ。淵の中の水晶が反射しているだけじゃないのか？」

ジャッカスは興味なさそうだが、ベルトランの目は輝いた。

「中に入れば何かあるのかわかるかもしれない」

「入る？　この中に潜《もぐ》るんですか？　今からですか？」

「だって潜らないとわからないじゃないか」

何を当たり前のことをと言うベルトランだが、ハーニャはぶるりと身を震わせた。幼い頃に従兄から聞かされた沼の主の話を思い出したのだ。普段は深い沼の中に住んでいて、時々獲物が近づくのを待っている狡猾《こうかつ》な怪物の話だ。

「蛇とか、大きな蛙《かえる》とかいるかもしれないし」

ハーニャはベルトランの腕を引いてそっと淵から離れた。さっきまで触れていた美しい水も、底が見えなければ立派に恐怖の対象だ。

「眠っている何かを間違って起こしてしまって怒りに触れたら……」

「伝説の蝶を追い掛けている私が言うのもなんだけど、君って結構夢見がちなんだね」

眼鏡の向こうにあるベルトランの目は呆れているが、ハーニャには怖さの方が勝る。

「夢見がちでも想像豊かでもなんでもいいです。月蝶もいるかもしれないけど、他の生き物だっていないとは限らないんだし」

世の中にいるのは穏やかな生き物ばかりではない。牙を持つ獰猛《どうもう》な幻獣だってたくさんいるのだ。

ハーニャも興味はある。月蝶がここで孵るのなら見てみたい気持ちは大きい。だが、さすがに吸い込まれるような深い青を持つこの淵の中に潜りたいとは思わない。むしろ、触れてはいけない場所のような気がする。

「諦めろ、ベルトラン。水中に生き物がいるかどうかはともかく、本気で淵に入る気があるなら、それなりの準備が必要だ。第一、別荘にある資材だけじゃ不十分だ。お前だって、まさか今のまま潜って何か見つけられるとは思わないだろう？」

ジャッカスにも諌《いさ》められ、今にも淵に飛び込みそうなほど興奮していたベルトランは、軽く頭を横に振りながら、ふうっと大きく息を吐き出した。

「すみません、取り乱しました。もしかしたらと思うと……。アーヴィン君にもみっともない姿を見せてしまったね」

とりあえず日を改めて調査をすることにし、三人は再びゆっくりと洞窟を外に向かって歩き出した。

「ゆっくりやればいいじゃないか。明日には島を出る俺と違ってたっぷり時間はあるんだ」

「あれ？　クラン博士はどこかに行かれるんですか？」

「ああ。ちょっと生まれ故郷のベルダに用事が出来て、国に戻らなきゃいけなくなったんだ」

苦笑いをするジャッカスを見ながら、ハーニャは首を傾げた。

（あれ、でも確か——）

前を行く二人は、ハーニャの不思議そうな顔に気づくことなく会話を続けている。

「ベルトランの友人がこの島の総督なんだとさ。おかげでいろいろ便宜を取り計らって貰えて助かる」

軽い口調のジャッカスとどこか照れたように頬を染めたベルトラン。その眼鏡を掛けた横顔に、ハーニャは「あ」と思い出した。最初に顔を見た時に既知を感じたのはやはり正しかったのだ。

（あの時の人はベルトランさんだったんだ……）

最後に男に会った日に、ハーニャが黙って去らなければならない原因を作った男。抱擁する二人の姿が目の前にぱっと広がる。同時に走ったのは、ここ数日忘れていたツキンと刺すような胸の痛み。

「どこかの誰かが無理難題を吹っ掛けるからですよ。一等船室を確保して欲しいなんて」

「大部屋の四等船室の酷さを知らないからそう言うんだ」

弾む二人の会話はもうハーニャの耳に入っていなかった。

（ベルトランさん、友達だって言ってた。でも本当にただの友達？　それにクラン博士は――）

ちょうど違和感の理由を思い出そうとした時、再び三人は岸壁の割れ目から抜け出し、鏡湖の前に戻って来た。そう長く中にいたつもりはないのに、既に陽は西に向かって傾き出している。

（山を下りてからベルトランさんに訊いてみよう）

ジャッカスのことを。そしてジョージィとの関係も。

そして来た時よりも短い時間で山を下り、別荘に戻って来た三人はそこで待っていた光景に息を呑んだ。

留守を預かっていた人足たちの代わりに三人を迎えたのは、地面に横たわる大勢の男たちと血の匂い、そして手に武器を持つ十数人の男たちだった。

ハーニャの夕日色の目が大きく見開かれた。

今日は調査団の人たちと山に登るのだと言って、朝早くにハーニャが楽しそうに寮を出た後、いつものようにイル・ファラーサ支部に出勤したミッキーは、地区毎《ごと》に手紙を束ねているモリシンへ話し掛けた。

「おはようございます、モリシンさん」

「おはよう、今日はハナ君と一緒じゃないんだね」

「ハナのやつ、今日は休みなんですよ。夕方には寮に戻って来ると思いますけど。俺が今日配る手紙はどれですか？」

「ミッキー君のはこれだね」

「うわあ、今日もたっぷりだ。ありがとう、モリシ……ッツクションッ！」

「――っと！」

どうぞと手紙の束を差し出したモリシンだったが、体を揺らしながら豪快なくしゃみを発したミッキーが受け取り損ねたせいで、渡すはずだった手紙の束は見事に床に落ちてしまった。それだけなら拾うだけで済んだのだが、運の悪いことに、顔を洗ったばかりだったミッキーの髪についていた水滴がパラパラと落ちてしまう。慌てたのはミッキーだ。

「うわ、やっちまった。この間のハナを笑えねぇや。モリシンさん、火、火を貸して」

濡れた箇所は手紙の束の背の部分だったからよかったものの、それでも中にまで浸透するのはまずい。急いで手紙を拾い上げると、服の裾を引っ張り出してトントンと軽く水気を拭き取って、モリシンがつけてくれたランプの上に束を翳《かざ》した。

「わかってると思うけど、絶対に燃やすんじゃないよ」

「わかってますって」

ガラス製のランプの上部に開いた穴からは、温かい空気がすぐに漏れて来た。その上に注意深く近づけていればそのうち乾くだろうというのが、ミッキーの考えだった。その判断自体は正しいものだった。ただ、そこには正しくないものもまた、存在した。

手紙を乾かし始めて暫くして、

「ミッキー君？　頭がふらふらしているようだけど大丈夫かい？」

いつも賑やかな若い局員が静かなことを不思議に思いながら、離れた場所で仕分け作業の続きを行っていたモリシンが顔を上げた時、ミッキーの頭は左右にふらりふらりと揺れていた。

「え？　俺？　俺は何ともないですよ」

「でも君、揺れてるよ」

「そんなことないですよ。あれ、でもちょっとモリシンさんの顔が二重に見えるかも」

あははと笑うが、その目はモリシンから見てもはっきりとわかるくらい焦点が合っていない。

「それは大変じゃないか！　ほら、手紙を離しなさい」

ふらつく体で手紙を持っていれば、燃やしてしまいかねない。慌てて手紙を取り上げ、ミッキーを床に寝かせようとしたモリシンは、そこでふと妙な匂いに気がついた。

「これは……何の匂いかな？」

「どうかしましたか？」

モリシンが呟いた時、トレジャーが仕切り板の上からひょいと顔を覗かせ、横になるミッキーの姿に眼鏡の奥の目を見開いた。

「そこに寝ているのは、もしかしてロス君ですか？」

「ええ、なんだか様子がおかしくて」

「おや珍しい。雨に濡れて体調でも崩しましたかね。今日の配達は休ませましょう」

「それがいいと思います。それから副局長、なんか変な匂いがしませんか？」

「匂い？」

目を閉じたトレジャーは、数回鼻で呼吸して、頷いた。

「原因は――これみたいですね」

指差したのはモリシンが持っている手紙だ。

「となると、ロス君の具合が悪いのもこれが原因の可能性が高いですね」

ランプ、そして少し濡れた跡が残る手紙。小さく口の中で呟いたトレジャーはモリシンから手紙を預かると、ミッキーを休憩室で寝かせるよう近くにいた局員に頼み、真っすぐ局長室に向かった。軽く扉を叩いて中に入ると、エンはちょうど出掛ける準備を終えたところだった。

「おはようございます、局長。今お時間よろしいですか？」

「急ぎの用か？　今から総督府に行くんだが」

「どうかなさったんですか？」

「昨日の夕方前に密告があって、捕り物があったらしい。薬物の売買現場を警備隊が押さえて、売人と薬を押収したっていう連絡をさっき貰ったところだ。状況を確認したくてな。お前の方は？」

「実は、私の話もその薬物に関することなんです」

薬物と聞いて真顔になったエンは、トレジャーから手紙の束を受け取ると、クンと鼻を近づけた。

「――当たりだな」

すっと背を伸ばして歩き出したエンの後ろを歩くトレジャーは、無用な質問は一切することはない。こういう時に絶対的に頼れるのは上司のエンであり、そのエンの妨げにならないことが副局長としての自分の役目だと心得てもいるからだ。

支部には既に局員が集まっていた。配達前のいつもの賑やかな朝の風景だ。その中、エンはパンパンッと大きく手を叩いて、自分へ注目させた。

「今日の配達は中止だ」

一瞬シンとなったが、すぐに局員の間から戸惑いと疑問の声がざわめきとなって広がる。そんな彼らをもう一度手を叩いて黙らせたエンは、手に持っていた手紙の束を上に掲げた。

「せっかく張り切って出勤したところ悪いが、非常事態だ。今から局員総出で手紙の検査をする。方法は簡単だ。手紙を火に近づけて炙るだけでいい。変な匂いがするものだけを選び出せ。わからなかったらトレジャーとモリシンに聞け。ただし、しつこく臭いを嗅《か》ぐなよ。屋内でやるなら窓は全開、俺は屋外を勧める。体調が悪くなったら迷わずその場から離脱しろ」

「局長、我々は何を見つければいいんですか？」

一人の局員の質問に、エンはすっと目を細めて言った。

「薬だ。良いやつじゃなくて悪い方のな」

驚きと内容にざわめきが大きくなる中、エンは残って指揮を執《と》るトレジャーを手招きした。

「結果が出たら総督府に届けろ。イル・ファラーサからの伝令はすぐ総督のところまで連れて来るよう許可を貰っておく」

エンは摑んだままの手紙に書かれた差出人の名前を指でなぞった。ジャッカス＝クラン。別荘にいる植物学者の名前である。薬物の出処《でどころ》はこの手紙で間違いないとして、では密告との関係は――？

総督府。普段から大勢の人が訪れる賑やかな場所だが、それに緊迫と慌ただしさが加わった。蝶の紋を描いた国主の馬車が島に入った翌日、つまり昨日のことだ。匿名で薬物売買の現場を知らせる密告書が投げ入れられ、半信半疑ながら指定された夜半遅くに向かった町外れの空き家で、大勢が入り乱れての捕り物が行われたからだ。

そんな忙しい総督府に薬物が仕込まれた手紙を持って駆け込んで来たエンは、途中で会った警備隊長を伴っていた。昨夜の詳細を聞き終えたエンは、会議の間に集まる主だった面々の前で、陶器の皿の上に用意された蠟燭《ろうそく》の火に手紙を翳して見せた。

「もしかしたら中の便箋にも薬が混ぜられているかもしれない。粉でも液状でも原型でもなく、紙に混ぜて加工された状態で手に渡っていたというのが正解だ。切り刻んで火にくべればもっと大きな効果を出すんじゃないかと思う。封書の中は調べることがあっても、外側は見逃してしまう。堂々と俺たちの目の前で現物がやり取りされていたってわけだ」

エンの表情は非常に苦く、そして厳しい。

「俺としたことが、犯罪の片棒を担いでいたなんてな……くそっ」

薬物が仕込まれた手紙を、意図することなく簡単に売人の手に渡してしまっていたという事実は、不可抗力とは言えイル・ファラーサの仕組みを悪用されたことに他ならず、自分の仕事に誇りを持っているエンの矜持《きょうじ》を十分以上に傷つけるものだった。イル・ファラーサという仕事を悪用されて怒りを覚えない方がおかしい。

「だが届ける先がわかってしまえば後は捕まえるだけだ」

ジョージィの台詞に警備隊長は重々しく頷いた。

「総督の許可を頂ければすぐにでも検査のための人手を支部まで派遣する。その後、イル・ファラーサ局員と一緒に配達先に向かう」

「それと、もう一ついいか？　この件に関係するかどうかわからないが、総督に聞きたいことがある。このジャッカス＝クランと一緒に調査団にいるアマンドル＝ベルトランという男、これは本物か？　こいつの手紙は問題なしだったが、同じ調査団にいる人物からお前宛に手紙が来ていたということは、お前にも嫌疑がかかっていることになるぞ」

ジョージィは不愉快極まりないと眉間に皺を寄せた。

「俺が？　薬物売買なんかに手を出すわけがない。それにクラン博士とやらは知らないが、アマンダは本物だ。ついこの間、本人に会ったばかりなんだから間違いない」

「会った？　親しいのか？」

「旧友だ。学生時代から親交がある」

「そいつが薬物に手を染めている可能性は？」

「ない――と俺が言ったところで信用はしないだろう？　会ってから本人に訊けばいい。邪魔はしない。ただアマンダは研究のことしか頭にない男だ。薬物に使う金があれば、本を買うのに使うだろう」

「それなら友人の取り調べに関して総督や大公家の介入はないと考えていいんだな？」

警備隊長の発言に、ジョージィは不機嫌も露わに相手を睨みつけた。

「愚問だぞ。いくら俺でもそんな莫迦なことはしない」

「――それなら言うが」

そんなジョージィと警備隊長のやり取りを聞いていたエンは、ゆっくりと口を開いた。

「ジャッカス＝クランとアマンドル＝ベルトラン、今この二名に俺の部下が同行している。部下の名前はハーニャ＝アーヴィンだ」

「は？」

「テメェの耳は飾りか？　アーヴィンが一緒にいると言ったんだ」

「――ハナが?!」

言われた台詞の意味を理解し、男は勢いよく男が立ち上がった。弾みで、椅子がガタンと激しい音を立てて絨毯の上に倒れ落ちる。

「なんであいつが一緒にいるんだ!?」

「俺が知るか。知ってる奴はいるが、薬物を吸ってしまって治療中。別荘に手紙を届けるうちに親しくなったらしい。月蝶のことで話が合ったんだと。知らなかったのか？」

「――知らなかった。もう暫くハナに会っていないし、手紙の返事もなかった」

「もう愛想を尽かされたのか？」

「そんなわけあるか」

ジョージィは立ち上がった。

「どこに行く？」

「決まっている。別荘だ。ハナを連れ戻す。ついでに偽学者とアマンダを連れて来る」

「介入する気はなかったんじゃないのか？」

男は、ふっと口元に凄味のある笑みを浮かべた。

「自分の恋人を助けに行くのに総督も大公も何もない。ただ、使えるものは使わせて貰うけどな」

言うとジョージィは、それぞれに指示を出した。手配は一刻も早い方がいい。

「島の出入り口は完全封鎖、港には出港停止の通達を出せ。至急だ。薬物の方は警備隊に任せる。まだ残党がいて島の外に出る機会を窺っているかもしれないから気をつけろ」

エンも静かに立ち上がった。

「俺も手を貸そう。イル・ファラーサを虚仮《こけ》にされたままでいられるか。組織があるなら組織ごと、全部叩き潰してやる。手段は選ばない。それで構わないな？」

「任せる。警備隊は町中の警備、一隊は俺と一緒に別荘に向かうぞ」

上着を摑んで室外に歩き出すジョージィの隣にエンが並び、小声で話しかけた。

「一昨日、奴が来ただろう？　国主の馬車に乗って」

「――ああ。今はボイドが相手をしている」

「奴を使う。最終兵器を投入するぞ」

「御せるのか？」

「正直今回は難しいだろうな。だが、何もさせないでいる手はない。せっかく島に来たんだ。仕事だろうが休みだろうが、こき使ってやる。首都からついて来てる奴のお守り連中にも手伝わせる」

それからエンはさっきから考えていたことを口にした。

「このジャッカス＝クランという学者、もしかすると他にも裏があるかもしれない」

「どういうことだ？」

「配達屋として言わせて貰うと、匿名の字と手紙の字が妙に似ている気がするんだ」

毎日大量の手紙を届けるイル・ファラーサには、悪筆を解読し正しい宛先を読み取る特技が自然と身について来る。いくら偽装しても微かに残る違和感と痕跡が、二人が同人物だとエンに告げていた。

「つまり、どういうことなんだ？」

「島の警備隊が薬物に掛かり切りになった時に国外に脱出するっていう筋書はどうだ？」

「仲間を見捨てて自分だけで？」

「元々仲間でも何でもなかったかもしれないぞ。単に利害関係があっただけで」

「だがわざと取引現場を警備隊に知らせて奴に何の得がある？」

「得……はないだろうな。警備は厳重になる。売買が成立しなけりゃ金も入って来やしない」

「そうだろうな。だが待てよ」

ジョージィは足を止めて天井を見上げた。

「――もしもそれが目的だったらどうだ？　自分だけが助かるつもりで仲間を売ったとしたら？　それにそのジャッカスとかいう学者、国外に出るつもりで船を予約していた。もしも密告したのがジャッカス＝クランだったとしたら、絶対に自分は捕まらない自信があったとしか思えない」

偽学者の誤算は、最近薬物の問題が多発しているのが表面に出て来たこと、その関係で島への出入りが厳しくなったこと、それに島に来た国主の馬車の存在がある。予定を前倒しにしてでも一刻も早く島を出る必要があったとすれば？　騒動が起これればそちらに手を割《さ》かなくてはならないが、リユリユージュ島にいる警備隊の数はたかが知れている。他のことは後回しにせざるを得ない。

そこまで分析して、ジョージィははっと顔を上げた。同時にエンも気がつく。

「盗難の方か！」

「薬物売買は隠れ蓑《みの》で、奴らを囮《おとり》にして目を逸らさせ、警備が緩んだ隙に出国するつもりだった！」

それならば辻褄《つじつま》が合う。そして、もしも密告で壊滅的被害を受けたのであれば、警備隊が捕らえ損ねた残党が狙うのは一人しかいない。

「――ジャッカス＝クラン！」

二人は駆け出した。悠長な話をしている場合ではない。

「俺は急いで別荘に向かう。港を頼む。ジャッカスは船で出国するつもりだ」

「わかった。アーヴィンのことは任せたぞ」

総督府を出たジョージィはリュゼットの街中を一気に駆け抜け、郊外に向かって馬を飛ばした。共に赴くのは十人の警備兵。まだ新しい複数の足跡が残る道を駆けながら、嫌な予感がしてならない。

「まさかとは思うが……」

荷車の轍の跡がつくのはよくあることでも、大勢が一斉に別荘地を駆け抜けることは滅多にない。乱れる足跡は、二人や三人では済まない人数が先を進んでいることになる。自分たちが通る直前に何らかの団体がこの道を通ったということだ。

ちょうどオービス邸の横を過ぎた頃、男の視界に前方から駆けて来る馬が見えた。慌てて道を避けてやり過ごしたが、誰も乗せていない馬の背には鞍《くら》がある。

(あれはハナの馬じゃなかったか?)

そう思いながらジョージィが振り返ると、同じように脚を止めて振り返った馬と目が合った気がした。脚を忙《せわ》しなく動かし、大きく嘶《いなな》きを上げた馬の様子に、ジョージィはもう一度先を睨み据えた。

「総督、あの馬は」

「知人の飼い馬だ。悪いが、そこの赤い屋根の別荘の管理人に世話を頼んでくれないか。俺の名前を出せば話は通じるはずだ。ついでに門から絶対に出るなとも言っておけ」

そして大切な少年の相棒に言った。

「大丈夫だ。お前の主は俺が必ず連れて戻る」

常日頃から賢いとハーニャが褒《ほ》め、長年少年に連れ添った馬が空鞍で駆けて来たということは、ハーニャの身に何か異変が起こった可能性を示す材料として十分だった。

（ハーニャ……）

馬の世話を警備兵の一人に頼みながら頭の中に浮かぶのは、少年の笑顔。あの明るい笑顔が曇ることがないようにと願いながら、ジョージィは馬を駆る手に力を込めた。


「これは一体何の真似だ？」

別荘の前に立つ男たちの足元には、顔の半分を覆面で隠した男たちが十数人倒れている。彼らを倒したと思われる警備兵は、男たちを縄で縛りあげ拘束しているところだった。

ほっと顔を見合わせたハーニャとベルトランだったが、それが何の解決にもならなかったことにすぐに気づかされることになる。

「ハナ！」

警備隊を指揮していた男が振り返り、そして水色の瞳を見開いた。黒髪に水色の瞳、丈の長い上等な水色の上着を着ている男は、リュリュージュ島には一人しかいない。

「ジョージィさん！」

「ジョーゼフィティ！」

ハーニャの叫び声にベルトランの声が重なる。横を見たベルトランは今にも駆け出しそうに男を見つめた。だが、ジョージィの目は、ちらりとベルトランを一瞥《いちべつ》しただけですぐにハーニャにだけ向けられる。

「ハナ、今すぐこっちに来い」

「あ、はい」

鋭い命令にハーニャは一歩を踏み出した。倒れている男たちが何者なのか、どうして総督府で仕事をしているはずのジョージィが剣を持っているのか、顔についているのは返り血なんじゃないだろうかとか、そんなことが一度に頭の中に押し寄せる。そんな状態でも男の声に対するハーニャの反応は早かったが、動作は追いついていなかった。

「ハナ!」

先ほどよりも鋭い声に気づいた時にはもう、ハーニャの体は後ろから回された植物学者の腕で拘束されてしまっていた。

「——クラン博士?」

「山を下りるのが少しばかり遅かったか。遊びに付き合うんじゃなかったな。状況が変わったみたいだ。もうしばらく付き合って貰おうか」

「——あなたは、誰なんですか?」

ハーニャが振り返った先には薄く笑うジャッカスの顔があった。その顔はこれまで知っているジャッカス=クランという学者が見せていたものではない。余裕のある態度は同じだが、そこに加わるふてぶてしさ。

「誰とは心外だな。知ってるだろ、俺はジャッカス＝クラン。植物学者だ」

「でも」

ハーニャはついさっき感じた違和感を口にした。

「クラン博士の生まれた国はヴィダ公国で、ベルダじゃない」

一般的な書物にはベルダ国と紹介されているが、実際は違う。これを知っているのはクラン博士と関係のある一部の人間だけで、その一部の一人がハーニャの父親ケーニヒ＝アーヴィンだった。ハーニャ自身はジャッカス＝クランと面識はないのだが、博士は悪筆で出版の際に写植担当がヴィダとベルダを読み間違い、それがそのまま著書に掲載されてしまったという。一冊だけでなくほとんどがそうであるというのだから、悪筆ぶりが窺える。それを修正しない本人も本人ではあるのだが。

きっぱりと断言したハーニャに、ジャッカスは「参ったな」と額に手を当て苦笑した。だが、決して腕の力は緩むことなく、ハーニャの拘束が解けることはない。むしろ腕の力は強くなる一方だ。

「ハーニャを離せ。お前が薬物を流しているのはわかっている。こいつらも少し締め上げるだけで簡単に口を割ったぞ。お前に唆《そそのか》されて薬物の売買に手を出したってな」

「唆す？　人聞きの悪い。唆したんじゃない、そいつらが欲しがっているものを与えただけだ。それを売り買いするのはそいつらの勝手で、俺のせいじゃない」

「だがそのせいで島の住人に被害が出ている。罪がないという言い逃れは出来ないぞ。それに他にも余罪があるんじゃないのか？」

別荘の中では手荷物の押収が進んでいた。ジャッカスが出した手紙や封筒の残りがあれば、そして首都から盗まれた宝石が見つかれば立派な証拠だ。男たちが押し掛けた時、人足のほとんどは逃げ出し、逃げ遅れた数名の中に負傷者は出たが死者はいない。

「どうせ逃げられはしないんだ。ハナを離して大人しく投降しろ」

「俺がそんな脅しに簡単に乗るとでも？」

ジャッカスはズボンのポケットから取り出した小型のナイフをぴたりとハーニャの首に押し付けた。

「……っ！」

ひんやりと冷たい刃の感触に、ハーニャの口から小さな悲鳴が零れる。

「この状況で俺に対してそんな口が利けるのは大したものだと思うが、態度は改めた方がいいぞ、総督。クラリッセ大公と呼んだ方がいいかな」

（ジョージィさん……）

動けば首の皮が切れてしまう。皮だけじゃ済まないかもしれない。だが足手纏《あしでまと》いにはなりたくない。いっそ怪我をしても構わないから暴れようか。隙が出来ればきっと男が助けてくれる。後はジョージィに委ねるだけ。根底にあるのは紛れもない信頼だった。そうして行動に移そうとしたハーニャだが、そんなハーニャの考えはジョージィにはお見通しだった。

「ハーニャ！」

覚悟を決めて瞼を閉じた一瞬、飛んで来た鋭い声。自然、体の動きは止まる。

「莫迦やろう！　動くんじゃない！　じっとしていろ。俺が必ず助けてやる。それまで待て」

「ジョージィさん……」

「さすがに大公は賢いな。首の皮を犠牲にして逃げようとしても無駄だ。死のうと思っても死なせない。俺が逃げるまでは。――学者ごっこは結構楽しかったが、ベルトラン、お前はもう要らない」

それまで事の成り行きについて行くことが出来ず、放心したように立ち竦んでいたベルトランは、その言葉で我に返った。

「クラン博士、あなたは僕を利用したんですか？」

「世間知らずの学者様は簡単に騙《だま》されてくれて助かったよ」

「じゃあ月蝶に興味があるというのも」

「前にも言ったが、俺が好きなのはあるかないかわからない不確かなものじゃない。手にすることが出来るものだけだ。金や宝石に絵画、どれもが俺を楽しませてくれる」

ベルトランはグッと喉を鳴らして唇を噛み締めた。

「信じていたのに……。一緒に月蝶を見つけるって」

「学者らしいことをした実績があれば疑われ難《にく》いだろう？　それも無駄になってしまったけどな」

「失望しました。私が莫迦だった」

「アマンダ、そいつに関わるな。離れろ」

「大公の言う通り。お前にはもう利用価値がない。この子の方が利用価値があるみたいだからな」

意味深に言って、ジャッカスはハーニャの耳元に唇を寄せた。

「ハーニャに触るな！」

途端に上がる非難の声に、ジャッカスは満足そうににやりと笑った。

「ほらな」

「――行ってください、ベルトランさん。僕のことはいいから」

気にしてくれるのは有難いが、二人ともがジャッカスの元に残った場合、救出作戦の難易度は数倍にも跳ね上がるだろう。どちらかが武術に優れていれば隙を見つけて逃げることくらいは出来るかもしれないが、生憎と研究室で文献と睨めっこのベルトランと剣の腕前に見込みなしと断言されているハーニャには無理な相談だ。

ベルトランは一歩を踏み出した。そしてハーニャを振り返り、「ごめん」と呟いて一目散にジョージィの元へ駆けて行く。

飛びついたベルトランを抱き留める男の腕に、ハーニャは瞼を伏せてぎゅっと唇を噛み締めた。

（やっぱりジョージィさんとベルトランさんは親しい関係なんだ）

ベルトランは明らかにジョージィへ好意を抱いている。人質になったハーニャに悪いと思いながらも、ジョージィへ向ける表情は恋をするもの。同じように恋をしているからこそわかってしまう。彼の態度は同じ学舎《まなびや》に学んだ知り合いという範疇《はんちゅう》を超えている。

（ただの友達？　それとも……）

命の危険に晒《さら》されているというのに、一番に考えてしまうのはジョージィのこと。会いたくて会いたくて堪らなかった。それなのに、こんな近くにいても今の二人は触れ合うことさえ出来ないのだ。

そう思い、自然に首を垂れたハーニャは、首に感じる凶器の冷たさに、俯《うつむ》いたまままはっとした。

（駄目だ、それじゃ本当に足手纏いになってしまう。しっかりしなきゃ！）

今はそんなことに思い悩んでいる場合ではない。自分は当事者なのだ。そして、ジョージィはそんな自分を助けようとしてくれている。

自惚れでもいい。総督自らが剣を持ち、山まで馬を飛ばしたのは、

（僕のためだって思っていいよね、ジョージィさん）

ハーニャは顔を上げ、真っすぐに自分を見つめる男の目を見つめ返した。

そのジョージィは、ハーニャから一瞬でも目を逸らすことなく、自分の胸に飛び込んで来たベルトランを傍にいた警備兵に押し付け、剣を下げたまま一歩二歩とジャッカスの前に歩いて来た。手を伸ばせば触れられるほどの距離なのに、今はその距離さえも遠い。

「何が目的だ？」

「さすが大公、話が早い。船だ。俺がラインセルク公国を出国出来るよう手配しろ。どうせ俺が乗るはずだった船は差し押さえられているんだろう？」

「――他には？」

「船籍はラインセルク以外のもの、大きさは出来れば一級客船がいいんだが」

「残念だな。リュリュージュ島の港に停泊できるのは三級客船以下だけだ」

「それで構わないさ。ああ、勿論船室は一等室で」

「すぐに用意させる。ただし、乗客は降ろさせるぞ」

「好きにしろ。寧《むし》ろその方が俺には有り難い。変な手駒を紛れ込ませられなくて済むからな。この子

がいれば十分だ」

「……ハナをどこまで連れていくつもりだ？」

「ラインセルクを離れたら解放する。それまでは大事な人質だ」

「――危害は絶対に加えるな。もしも怪我一つでもさせてみろ。どこまでもお前を追い詰めて殺してやる」

それまでは辛《かろ》うじて総督の顔と態度で向き合っていたジョージィの剝き出しの敵意を間近にし、驚いたジャッカスはすぐに小さく口笛を吹いた。

「本音が出たな。この子じゃなくベルトランが腕の中にいれば、俺の負けだったということか」

ジョージィの態度は、ベルトランが人質だったならとっくに攻撃命令を出していると告げているようなものだ。だからハーニャを人質に選んだジャッカスの判断は間違いではない。ただし、相手の怒りもまた尋常ではないものになってしまったが。

「ハナは……ハーニャは俺の宝だ。絶対に手を出すな」

静かに燃え盛る炎がジョージィの体全体を包み込み、ハーニャでさえ声を出すことが出来なかった。

別荘で使っていた馬車にハーニャとジャッカスが乗り込む。御者はベルトランが指名された。途中でハーニャを奪還されることを危惧《きぐ》してのことだ。

警備隊も手をこまねいていたわけではないが、紐《ひも》でジャッカスに縛り付けられたハーニャを無傷で取り返すには危険が大き過ぎた。

馬車に先行して警備隊が町に向かう。船の手配と現在の状況を警備隊長に伝えるためである。

そのため、町の入り口に馬車がついた時には大勢の警備隊が待ち構え、一度馬車を止めなければならなかったほどだ。

「中に人質がいる。数で押しても無駄だ。人質を無視すればいいと言うんじゃないぞ。もしそんなことを言う奴がいれば俺の前に連れて来い。死ぬまで殴ってやる」

「総督の言葉にしては過激だな」

「なんとでも言え。あれは——人質になっているのは俺の恋人だ」

あまり表情を変えることのない警備隊長は驚いたようにジョージィを見つめた。

「恋人？　女か？　いや男に見えるが？」

侮蔑や嫌悪というよりは、本当に驚いただけという警備隊長に、ジョージィは「はっ」と笑って腕を組み、水色の瞳を不敵に細めた。

「それがどうした。これが原因で辞職させられるならそれでもいい。国主に言いつけたけりゃ言え」

早くハーニャを腕に取り戻したいジョージィは、この話題はそれで終わりだと、馬を並べながら警備隊長に簡単に状況を説明し、それから町の報告を受けた。

「薬物の売買をしていた元締めを捕らえて牢《ろう》に放り込んでいる。末端の売人もほとんどが捕まえた。手を出した観光客も一緒にまとめて牢に収容している」

唯一逃した組織の残党が別荘に向かったのだけが悔やまれるが、その時点ではまだジャッカスのことが判明していなかったのだから仕方ない。

太陽は間もなく沈もうとしている。徐々に青からオレンジへと変わる水平線が遠く向こうに見える。

普段なら、夕暮れ時の港の風景を楽しむ一般人が多く訪れている時間だが、今は完全に排除され、厳戒態勢が敷かれている。

用意したベルダへ向かうコール船籍の客船は既に停泊し、渡し板を掛けて二人の乗船を待っていた。周辺には警備隊の他に白い制服が幾つか見える。治安維持に協力した色持ちイル・ファラーサ局員だ。

その中に見知った顔を見つけ、ジョージィは近くに来るよう指で合図した。

「局長は？」

「今しがたまでいたんですが、つい先ほど呼ばれて」

向こうへとトレジャー副局長が指差したのは、港を外れたさらに先にある高台だ。そこには灯台が設置され、近海を航行する船の安全のため昼夜問わず運営されている。特にリュリュージュ島のように陸地から近い距離にある島の場合は岩礁《がんしょう》が近辺にも多く存在し、また漁船の出入りも激しいことから、事故を防ぐ役目を持つ重要な施設だ。

「まさか灯を消すわけじゃないだろうな」

「それはありません。局長は何より島の住人の安全を一番に考えていますから」

「局長は知っているのか？　人質がハナだってことを」

「ご存知です。慣れているはずの私でも、近づくのは遠慮したい様子でした」

これは二発や三発では済まないだろうなと、ジョージィは自分の腹と顔を無意識に撫でた。ハーニャを守るために出向きながら、むざむざと人質に取られてしまったのだから責められても仕方がない。ジョージィたちが到着するより先に、ジャッカスを殺そうとした連中がいたのは想定外だった。彼らがいなければ、警戒心を抱かせることなくハーニャとベルトランの二人をジャッカスから引き離し、偽学者だけを拘束出来たはずなのだ。それでも言い訳する気は男にはない。

その時馬車から下りて来た二人の姿に、小さくないどよめきが上がる。特にイル・ファラーサ局員たちは、事前に知らされていても実際に目にするまで自分たちの同僚が人質になっているのだと実感していなかった。だが、紐で腰同士を結ばれ、首元にナイフを突きつけられたハーニャの姿に怒りと無念が滲む。イル・ファラーサの皆がこの新入りの少年を可愛がっていた。大事に育てられた貴族の子供が、家族に反対されるのを覚悟で憧れのイル・ファラーサを目指した話は、今では皆が知っている。夏の始めには陰謀に巻き込まれて重傷を負い、そして今度は人質だ。幸いなのは怪我をした様子がないことくらいだが、それとて今後どうなるかわからないのだ。不安にもなる。

狭い板の上を二人並んで歩くのはさすがに無理なため、前に回されたハーニャが先に渡し板を渡る。不安定な体勢の中、揺れる板に時折立ち止まりながらハーニャは何とか甲板に立つことが出来た。

「ハーニャ！」

呼びかけに、ハーニャははっとして手摺《てすり》から身を乗り出した。

「すぐに迎えに行く。それまで待っていろ」

「うん」

悲痛な別れの場面だが、刻《とき》は待ってはくれない。食料と飲料水が総督府の年輩の女性事務員の手で甲板に運び込まれ、彼女が船を下りるとすぐにゆっくりと錨《いかり》が上げられた。出港を合図するボーッという汽笛が虚《むな》しく港に響き渡った。

「ハーニャ！」

「ジョージィさん！」

ゆっくりと桟橋を離れて動き出す船に合わせて歩いていたのが、次第に小走りになり、そして駆け足に変わる。離れる船を追い掛ける男の目にはハーニャしか映っていない。

「前を見て走った方がいいぞ、大公」

ジャッカスの笑い声に前を見れば、もう波止場が途切れる直前だった。

振り返るハーニャの髪が潮風に細い糸をまき散らす。少年の瞳と同じオレンジ色に染まった水平線の向こうでは、まさに太陽が沈もうとしていた。

船はこのままどこにも停泊することなく真っすぐ北上し、隣国に入った最初の港でハーニャを下ろす手筈《てはず》になっている。ラインセルク公国船籍ではない船への攻撃や立ち入り検査は、治外法権を適用されてしまえば誰も出来ないのだ。それを見越してのジャッカスの指示は、腹立たしいことこの上ない。

去って行く船が徐々に小さくなるのを見送るしかなく、拳をぎゅっと握り締め、無力感に苛《さいな》まれていたジョージィは、

「おい」

低く掛けられた声に後ろを振り返った。

「行くぞ」

目立つ白い上着を脱ぎ、剣だけを腰に差して袖なしの黒いシャツ一枚になったエンの親指がくいと

示す先は海。たった今、船が去って行った方向だ。足元を見れば、海上にはいつの間にか手漕《こ》ぎの小舟が用意されている。

「今までどこに行っていたんだ？」

「そんなことはどうでもいいんだよ。行くのか行かないのか、どっちだ？」

ひらりと船に飛び乗ったエンの目が試すように見つめる中、

「行くに決まってるだろうが」

ジョージィはその場で上着を脱ぎ捨て、エンと同じように身軽になると、舟に飛び乗った。小舟はすぐには動き出さず、船が少し離れるのを待って、ゆっくりと海に向かって進み出した。小舟の上には二人。当然のことながら、櫂《かい》を動かすのは男の役割だ。

ハーニャとジャッカスを乗せた船は、徐々に小さくなって行く。順調に航海が進めば、隣国には明日の昼過ぎには到着する予定で、既に陸路配下を向かわせている。しかし出来るなら明日の朝まで待ちたくないというのが本音だ。普段なら何てことのない一夜も、こうして過ごす分には何年にも相当するくらい長く感じる。不安でいっぱいのはずのハーニャには辛い夜となるだろう。

「追いつけるのか、この舟で」

漕いでも漕いでも開くばかりの距離に焦るジョージィだが、エンは舳先《へさき》に低く腰を下ろし、じっと前だけを見据えている。

「黙って待ってろ。そのうち向こうの船が勝手に止まってくれる」

「止まる？　おい、船に何か細工でもしたのか？」

「違う」

エンは深くため息を落とした。

「最初に言っておく。俺は止めたぞ」

「何を……――」

深刻な声に何のことだと問い返そうとした男は、いきなりドーンッと響いた音にハッと顔を上げた。

音は一回だけではない。ドオーンッドオーンッと言う激しい音が静かな海に鳴り響く。どう聞いても砲撃の音にしか聞こえないそれに、

「なんだ?!　何の音だ、これは」

「まさかッ」

はっと客船を見れば、海面に着弾した余波を受けて立つ大波の前に、大きく左右に揺れている。不安定な海の上なのを忘れて思わず立ち上がりかけたジョージィは、再度響いた砲撃音と大きな揺れに、慌てて縁《へり》を摑んで座り直した。

「慌てている暇はないぞ。今の間に追いついて乗り込む。人質奪還だ」

どこへとは言わずもがな、客船だ。ジョージィは漕ぐ腕に力を込めた。

話している間にも、間を入れることなく砲撃は続き、一発が船に命中する。横っ腹に当たった弾は船の側面を大破させ、とうとう動きを止めてしまった。

「――海賊というわけではなさそうだが」

砲撃は海の上からではなく、完全に陸地から行われていた。小舟を漕ぎながら少しなだらかな丘の

上を見れば、灯台に備え付けられている三門の砲台のすべてが客船に向けられている。

「言っただろう？　最終兵器を投入すると。俺は一応止めたんだ。だが奴が素直にやめるわけがない」

苦い表情のエンが誰のことを言っているのか、今やジョージィは正確に理解していた。代理だと言って、国主の紋が描かれた馬車に乗って意気揚々と島に渡って来た人物。大人しく客間に滞在する姿から、噂はあくまで噂にしか過ぎなかったかと安堵していたが、どうやらそれも隠れ蓑だったようだ。

高笑いを上げながら喜々として砲撃の指示を出す砂色の髪の男の顔が、目の前に浮かぶ。

「――ボイドに任せて来たんだが。あれはラインセルクの船じゃないぞ」

「奴をそう簡単に止められるなら、異名なんてつくわけがない」

ラインセルク公国の船なら幾らでも撃てと言いたいが、そうでない場合は外交問題だ。

「わかっててやってるに決まってるだろうが。どこの国の船だろうが関係ない。それがヴィダでもエクルトでもサークィンでも、奴なら撃つ」

誰もが知っている世界に名だたる国の名を挙げるエンの表情は、言葉に反して苦い。自分でもわかっているのだ、他国籍の船を攻撃対象に据えるということがどういうことなのか。それでいて止められない己の不甲斐なさというよりも、相手の無鉄砲さに頭を痛めているのである。

「無茶なことをする。誰が責任を取ると思っているんだ」

「それをどうにかするのはお前の役目だろう？　こういう時くらい国主の甥という立場を利用しろ。こうなったらもうごちゃごちゃ言っても仕方ない。アーヴィンを取り戻す。それが最大の目的だ」

否があろうはずもない。隣国の港に着けばハーニャを解放するとジャッカスは言っているが、保障はどこにもない。それに、暴力的には見えなかったが、気が変わった偽学者が船上で無体《むたい》を働いても、少年には逃げる場所はどこにもないのだ。

次々に飛んで来る砲撃で大きな波柱が立つ中、何とか櫂を操って客船の傍に小舟をつけると、縄梯《ばし》子《ご》に手を掛けた。三等客船という小ささが幸いした。これが巨大な一級客船なら、こんなに簡単に乗り込むことは不可能だったはずだ。

揺れる船体をものともせず、軽い身のこなしですいすいと上るエンに続いてジョージィが甲板に足を付けると、突然の攻撃に船員が右往左往している光景が広がっていた。ただでさえ、自国とはまったく関わりのない犯罪者を乗せているのだ。高度な政治的駆け引きがあったからと言って、ここまで貧乏くじを引かされてしまった彼等こそ、一番の被害者ではないだろうか。

彼らに対する補償金と合わせて、膨大《ばくだい》な賠償金が必要だな——と、ジョージィは少しだけ遠い目をした。

目的の二人はすぐに見つかった。揺れる船上に立っていられなくなったのか、手摺を掴んで甲板に座り込むジャッカスの姿があった。海に出てもう安全と判断したのか、ハーニャを縛り付けていた腰紐は解かれている。その代わり、ハーニャの手は甲板の手摺に縛り付けられ、船が揺れるたびに小柄な体を何度も船体や甲板にぶつけていた。

「ハーニャっ」

砲撃は続き、舳先は壊れ、大きく張られた帆《ほ》も支柱も半分が折れ曲がっている。手加減など一切ない。本気でこの船を沈めるために攻撃しているのだ。既に乗組員の何名もが攻撃の的になっている客船から避難しようと海に飛び込んでいる。

「奴はこの船にハーニャがいることを忘れてるんじゃないだろうな？」

「忘れちゃいないだろうさ。人質がアーヴィンじゃなかったら、砲撃なんて生温《なまぬる》いことをしないで、幻獣でも使って、船ごと木端微塵《こっぱみじん》にしてるさ」

間断なく降ってくる砲撃を生温いと表現するエンもエンだが、

「幻獣？」

「金に飽かせて幻獣使いを呼びつけるか、脅して従わせるくらいのことは奴はやるぞ。それよりもアーヴィンだ。お前はアーヴィンを助けろ。俺はジャッカスを捕まえる」

「あァ？　奴は俺が叩きのめす！」

「テメェは言われたことだけやってりゃいいんだよ。奴よりアーヴィンの方が先だろうが。行先を間違えると、今度こそ本当に愛想尽かされるぞ」

ジョージィは黙り込んだ。エンの言うことにも一理ある。叩きのめすのはいつでも出来るが、攻撃されている船からハーニャを助け安心させるのが先だ。その役を誰かに譲るつもりはない。

ジョージィが優先順位を思い出したのを確認し、

「行くぞ」

いつでも飛び出せるよう、エンは身を屈めた。そして、甲板に被弾した衝撃で船が一度大きく傾いたその瞬間を待って、エンは物凄い速さで甲板を駆け抜け、ジャッカスに体当たりをしていた。

「何をっ——大公ッ！」

襲撃に応戦しようと短剣に手を伸ばしたジャッカスの視界の端に、ハーニャに駆け寄る男の姿が映る。人質を奪い返されては対抗する手段はどこにもない。

「クソッ！」

舌打ちしたジャッカスは人質の元へ駆け出そうとした。だが、その前にハーニャと同じくらい小柄な影が回り込み、邪魔をする。

「首都の追手か？」

「違う。ああ、安心しろ。そっちも後から相手をしてくれるはずだ。騎士が面を揃えてお前が島に戻って来るのを待っている。逃げられるならやってみてもいいぞ。ま、無駄だろうけどな」

挑発を口にし、ふてぶてしい笑みを浮かべ、エンはすっと剣をジャッカスに向けた。

「船を壊しておいて今更何を」

「とりあえず今のお前の相手は俺だ。素直に俺に捕まえられた方がお前のためだと思うぜ。俺の相手をするのと、この船を攻撃している奴の相手をするのと、どっちがましか自分で判断しろ」

「どっちも断る」

人質を取り戻すことはもう諦めたのか、短剣を持って構えるジャッカスの姿は慣れたもので、今ではっきりと植物学者というのが偽りだったとわかる。それくらい堂に入った構えだった。長剣に比べて長さに劣る短剣しか持っていないにも拘らず、逃げられると信じているその態度から、短剣しか持っていないのではなく、最初から得物が短剣だったから持っていたというのが正解なのだろう。

だが、いくら剣に自信があると言っても素人は素人だ。腕の立つ騎士に比べれば劣る剣技は、白金のイル・ファラーサの前には稚技同然。

「海の上で逃げる場所なんかねぇのにな。いいぜ、かかって来な。身の程を教えてやる」

エンはあくまで不機嫌にそう言った。


「ジョージィさん！」

甲板に倒れ込んだハーニャは、もう一度甲板に体がぶつかりそうになって衝撃が来なかったことに驚いた。瞑《つむ》っていた目を開けると、目の前にはついさっき別れたばかりの恋人の顔がある。

「ジョージィさんっ！」

夕日色の瞳が大きく見張られ、抱き着こうと体を捩じる。だが後ろ手に縛られている手は前に伸ばすことが出来ない。自分からは抱き着くことが出来ない。その代わりに、

「ハーニャ……」

男の腕が細い体を腕の中に閉じ込め抱き締めた。

「よかった、お前が無事で」

再会の抱擁を味わっていたいが、未だに砲撃が続いている中で、そこまで危機管理能力に乏しいわけではない男は、すぐに体を離してハーニャの手を縛り付けていた縄を解いた。

「ありがとう、ジョージィさん」

余裕のある縛りではあったが、左右に揺れる体に引っ張られた手首には縄の跡が赤くくっきりと残

っている。座り込んだまま手をさすり、それからハーニャは止む気配のない砲撃に、不安そうに首を傾げた。

「これって海賊ですか？　まさかジョージィさんが攻撃命令を出したわけじゃないですよね？」

この船が他国籍なのはずっと傍で話を聞いていたハーニャも知っている。船員もコール人でラインセルクの人間ではない。そんな船に攻撃を仕掛ければ、外交問題に発展することくらいハーニャにだってわかるくらい単純な構図だ。

「俺じゃない。幾ら俺でも総督の立場くらい理解している」

「じゃあ誰？　この容赦のなさに、なんだか嫌な予感がするんだけど」

鋭いなと、男は苦笑した。

「追及は後回しだ。今のうちに逃げるぞ」

視界の端に、揺れる船体をものともせず、エンがジャッカスを蹴り飛ばすのが見えた。白金のイル・ファラーサの容赦ない蹴りは、立派な体軀《たいく》を誇る大きな男の体も難なく蹴り飛ばすだけの威力を持っていた。短剣は弾き飛ばされ、殴られた顔は口でも切ったのか血塗れだ。

——相手が悪い。

ハーニャもジョージィもそう思わずにいられなかった。

「あの状態では逃げることも無理だろうな。俺たちも行くぞ、ハナ」

そう言って近くなった海面に飛び込もうとしたジョージィだが、くいとシャツの裾を引かれて振り返った。

「あの、ジョージィさん、ちょっと聞いて貰いたいことがあるんだけどいいですか？」

「それは今じゃないといけないのか？」

「はい」

「なんだ、言ってみろ」

ゆっくりと海の中に沈みつつある船の上で、ハーニャは男の水色の瞳をしっかりと見上げ、言った。

「ジョージィさん、好きです」

「わかった。だから早く行く……──は？」

「だから、好きだって言ったんです。聞いてます？　ジョージィさん──わっ！」

生返事に口を尖らせたハーニャは、いきなり抱き締められて、小さく悲鳴を上げた。

「──そんなこと、ずっと前からわかっている」

抱き締められて、口づけを受けながらハーニャは、こんな場所で不謹慎だと思いながらもこれ以上ないほどの幸せを感じていた。

「俺がどのくらいお前を愛しているか、島に戻ったらいやというほど教えてやる。今度は──絶対に逃がさないからな」

覗き込む男の瞳の中に燃える情欲に、ハーニャは背筋がぞくりとするほどの快感を覚えた。

本当なら今すぐにでもその思いの丈を知りたい。ただ、それにも増して重大な問題が、ハーニャには存在した。

「うん。島に帰ったら教えて。ジョージィさんがどれだけ僕を好きなのか、たくさん教えて。でも、その前にもう一つだけいい？」

「なんだ？」

「あのね、僕、泳げないんです。どうしたらいい？　また足手纏いになっちゃう」

水色の瞳がまじまじと見つめる先のハーニャの顔は、今まで見たどの顔よりも蒼褪《あおざ》めて見えた。

「それを早く言え、莫迦ッ！」

言うや否や、男はハーニャの腰を攫うようにして抱き抱え、そのまま海に飛び込んだ。日中は青く透明な海は、今は夜空と同じ色をしている。ぷかぷかと浮かぶ幾人もの目の前で、三級客船はその船体のほとんどを海に沈めていた。甲板の上にはまだエンの姿が見えるが、さっき見た限りでは助けは要らないだろう。

男の首に腕を回して同じように海中に浮かびながらそれを見ていたハーニャは、すぐ目の前にある男の耳に切羽詰《せっぱつ》まった声で言った。

「ジョージィさん、ジョージィさんっ！　早く陸に上がりましょう」

「怖いのか？　安心しろ、俺は泳ぎは得意だ」

しがみつく腕の強張りに、笑いながら言えば、ハーニャは大真面目な顔で言った。

「だって海の中には海の主がいて、人が来るのを待ってるんですよ。顔が人間で牙があって。体が魚の化け物なんです。今だって、足の下で狙っているかもしれない」

「は？　海の主？　なんだそれは」

「は、じゃないです。怖いから早く！」

人質に取られた時よりもよほど切羽詰まった声は、すでに半泣きに変わっていた。横を見れば、海水で濡れただけではない水滴が瞼の端から零れている。

「ハナ、お前……」

川は平気でも、海はそこまで苦手なのか。いや、これはもう苦手という範疇ではない。

「だって！　怖いものは怖いんだからしょうがないじゃないですか！　海怖い！　早く」

「わかった、わかったから暴れるな！　暴れると沈むぞ！」

早く海から上がりたいが自力では辿り着くことが出来ないもどかしさ。

恐怖で混乱するハーニャが何とか冷静さを取り戻したのは、漸《ようや》くのことで近づいて来た救助船に引き上げられてからのことだ。

「……ハーニャ、今度俺と一緒に泳ぐ練習をするぞ」

「いやだ……」

見下ろす先、濡れた髪を張り付けて、ぺたりとしゃがみ込んで涙目で首を振るハーニャはとても可愛らしいが、島に住んでいる以上これから先も海に入る機会がないとも限らない。助けに入るのは、恋人としての頼もしさを誇示できるからやぶさかではないが、溺れるたびにこれでは身が持たない。海の中にいる間、暴れ回るハーニャを宥め続けた男の背中には、多くの傷跡が残されているはずだ。どうせつけられるなら、色っぽいものでありたい。

「いやだ、じゃない。いいかハーニャ、この件に関しては絶対に譲らないからな」

ハーニャたちを乗せた救助船が港に戻ると、すぐに警備隊が包囲し、ジャッカス＝クランの身柄をエンから受け取った。

「縄を解かないまま牢に入れておけ。どんな隠し玉を持ってるかわからないからな。念を入れろよ」

甲板での戦いはエンの勝利で終わり、かなり強く殴られたのかジャッカスの意識はまだ戻らない。仮に意識があったとしても満身創痍《まんしんそうい》の偽学者が逃げられるはずもなく、痛みを感じないだけまだ気絶していた方がましとも言える。

冷えた体を温めるため毛布を被ったまま、ジョージィは港に待機していた警備隊に次々と指示を与えた。陸に上がれば総督としての仕事が待っている。名残り惜しいと思いながらも、ハーニャは一歩引いたところでそんな男を眺めていた。

「アーヴィン」

「エンさん」

「濃い一日だったな。怖かっただろう？」

「ちょっとだけ」

「莫迦。そこは正直に言え」

トレジャー副局長を伴って傍に来たエンは、手を伸ばして濡れて茶色に変わったハーニャの頭をくしゃくしゃと撫で回した。

「はい。ありがとうございました。助けに来ていただけて。正直、二度はあって欲しくないです」

「同感だ。いろいろ言いたいことや話したいことはあるが、さすがに俺も疲れた。そっちは明日にしよう」

「はい」

とにかく、ハーニャもエンも疲労困憊《こんぱい》しているのだ。今は切実に休息が欲しい。

「明日は出勤しなくていいから、ゆっくり休め」

「でも、僕の休みは今日」

「あのな、いくら俺でも人質になった挙句、海で溺れかけた人間を酷使するほど冷たかないぞ」

「だって休んだら給料が減る……」

呆れたようにエンは顰《しか》め面をした。

「金の心配より体の心配をしろ。不可抗力で事件に巻き込まれたんだ。これでお前を出勤させてみろ。俺が非道な上司だと陰口を叩かれてしまう。お前、俺をそんな目に遭わせたいのか？」

「そんなこと！　エンさんはとっても優しくて部下思いの上司です」

「だろう？　だから俺の評判のためにも明日は休め。これは命令だ」

トレジャーを見上げれば穏やかな副局長は「気にしないでいいですよ」といつものように優しく言った。

「アーヴィン君、大変だったけどよく頑張りました。後のことは局長や総督に任せて、明日に備えて君は早く体を休めなさい。きっと今日よりも明日の方が大変なんですから。ああ、迎えが来ましたね」

振り返ると、少し窶《やつ》れたようなボイドがにこにこと笑みを浮かべて立っている。

「ハーニャさん、総督の指示です。詳しい事情を聞きたいから総督府に来るようにと」

「え、でもジョージィさん、そんなことはさっき言ってなかったけど」

「状況はころころ変わるものなんですよ。ここの片付けは専門家に任せて、我々は先に総督府に向かいましょう」

いいのかなと思ったが、ハーニャの視線に気づいたジョージィが遠くで小さく頷いたのを見て、ボイドに頭を下げた。

「よろしくお願いします」

「そんなに堅苦しく考えることはないですよ。馬車を用意しましたからそれで」

もう一度エンに礼を述べたハーニャは、馬車に座ってすぐに全身がどれだけ疲れているのか、どれだけ休息を必要としているのかを実感した。さっきまで自分の脚で立っていられたのが嘘のように体が重いのだ。

ボイドが御者を務める馬車はゆっくりと港から離れ始めた。その時自然にジョージィの姿を目で追ってしまったのはもう無意識だ。さっきと同じ場所にいた男の姿はすぐに見つけることが出来た。だが、同時に大勢の人に囲まれて指示を出す男の姿と彼に駆け寄るベルトランの姿まで目に入ってしまう。

(ベルトランさん……)

必死になって何かを話し掛けている様子が馬車の小さな窓からもよくわかる。

(なに話してるんだろう?)

そう言えば、ベルトランのこともちゃんと訊かなくてはと思いながら、今は疲れた体と頭を休めたくて、ハーニャは背凭《もた》れにぽすりと体を預け、まだざわざわと喧騒が残る夜の港を後にした。


ハーニャが連れて行かれたのは、総督の私邸として与えられている公邸だった。

「部屋の中にあるものはどれでも好きなように使っていいと言われています」

びっくりするほど広い室内に目を丸くしたまま立ち尽くしているハーニャに笑いながらそう言うと、ボイドは部屋にある扉の説明をした。真ん中が寝室へ、左側が書斎、右側には風呂場があり、既に湯や着替えの用意が済み、いつでも使えるようにしてあると。

「まずは体を温めるところから始めましょうか。いつまでもそのままでいれば風邪を引いてしまいます」

その言葉に、はっとしてハーニャは自分の体を見下ろした。港で貰った毛布に包まれてはいるが、海に浸《つ》かっていた体は潮水でべたべたしており、気のせいではなく磯《いそ》臭い。こんな姿で立派な馬車に乗せられ、立派な部屋の中にいる自分が恥ずかしい。

「すみません、お湯を使わせて貰います」

「どうぞどうぞ。その間に部屋にお食事を用意しておきますから、気にせずゆっくりとしてください。あ、くれぐれも浴槽で寝てしまわないように。そんなことになれば、救出するのは私の役目になってしまって、裸に触れでもしようものなら私が大公に苛められてしまいますからね」

片目を瞑ったボイドの茶化しに、ハーニャは笑いながら頷いた。

「後はもう、本当に好きに使ってください。寝台も気にせず真ん中にドーンと手足を広げて寝てしまってていいですからね。さ、まずは風呂です」

ボイドに背中を押されて扉を開けた先には脱衣所があり、白く湯気で曇った硝子《ガラス》の向こうが湯殿だった。

「――考えるのは後回し。先に体洗わせて貰おう」

張り付いた服を脱ぎ捨てたハーニャは、たっぷりと湯が張られた浴槽に手を入れた。少し熱く感じたのは最初だけで、それも次第に馴染んだ温度に変わる。夏とはいえ、それなりの時間を海中で過ごした体が冷え切っていたせいだ。頭から湯を被り、べたつく髪を二回繰り返して洗い、柔らかな海綿にたっぷりと石鹸《せっけん》を付けて体を磨く。

「いい匂い」

宿舎で使っているのは実用性重視のありきたりな石鹸だが、さすが大公の持ち物。泡立ちも香りもまるで違う。特に髪は普段よりも指通りがよくなった気がして、ハーニャの気持ちも向上した。

大きな浴槽にゆっくりと顎まで浸かり、十分に体が温まったハーニャが外に出ると、真新しい手触りのよい半袖の寝巻きと羽織り物が用意されていた。少し大きめなのは愛嬌だ。

「顔色もよくなりましたね」

客間に戻ると既に食事が用意されており、ボイドが給仕を下がらせるところだった。

「お湯、ありがとうございました。なんだか生き返った気分です」

「それはよかった。さあ、温かいうちにどうぞ」

ボイドを立たせたままなのは気になったが、中流とはいえハーニャも貴族の端に連なるもの。給仕されるのも食事を見られるのも慣れており、すぐに匙《さじ》を手に料理を食べ始めた。

昼に簡単な食事を取ってから後、飲まず食わずの体はハーニャが思っていた以上に食べることに貪欲で、あっという間に用意された皿の上はすべてきれいに平らげられてしまった。

「美味しくって、たくさん食べてしまいました。普段はこんなに食べないんだけど」

「それでいいんですよ」

食器が片付けられると、給仕と一緒にボイドが一礼した。その出て行こうとするボイドの背に、ハーニャは尋ねた。

「ジョージィさんは遅くなるんですか？」

「ええ。もう暫くは。先におやすみになっていても構わないとおっしゃってましたよ。大公のことは気にせず寝台をお使いください」

ボイドが去ると室内は音を立てるものは何もなく、ただ部屋の中に一人ハーニャだけがぽつんと佇んでいる状態だ。遅くなるとわかっていても、男が帰って来るのを待っていたい気持ちが勝り、しばらくは窓から見える風景や室内の装飾品を眺めて過ごしていたが、やはり疲れているのだろう眠気が襲って来た。

「ちょっとだけ……ちょっとだけ横にならせて貰おう」

少しすれば起きるつもりだが、男の寝台を占領していれば帰って来た時に気づかなくても、隣に人が潜り込む重みで気づくと思ったからだ。

ハーニャが貰ったものよりも大きくて柔らかい寝台は、食欲以上に疲れていたハーニャの睡眠欲を刺激した。執務室の隣の寝室のも立派だと思っていたが、この寝台を見てしまえばあちらはやはり仮眠用のものなんだなと思うほど、寝心地が良かった。薄い肌布団の手触りも滑らかで、暑い夏には最高の寝心地を提供してくれるに違いない。潜り込んだ敷布団はすぐにハーニャに睡眠を齎《もたら》そうと柔らかく沈んで体を包み込む。

そして、ほわりとした気分に自然に目がとろんと閉じようとした時だ。枕元にそれを見つけたのは。

それまで眠気に支配されていた体は一気に目が覚めた。起き上がったハーニャの指は、敷布の上に残された一本の金髪を摘まみ上げていた。

「……なに、これ……」

ジョージィは黒髪だ。間違いようがない。自分の髪の色は本当に薄い色で、間違っても明るい金色ではない。ボイドは銀色。

「……誰の髪の毛なの、これは」

海の上での劇的な救出劇を経て、せっかくハーニャの中で上がった男の株が急降下する。そうなるともう、この抜群の寝心地を誇る寝台さえ、睡眠を誘惑するものではなくなり、忌まわしい場所に変わってしまう。この寝台の上でジョージィが誰かと――。

（まさかベルトランさん？）

ベルトランの髪は濃い金髪で条件に合う。ただ単に抱擁し合うだけでなく、この寝台の上でも「抱き合う」関係？

一瞬過《よぎ》った想像に胸が痛くなり、ハーニャはぎゅっと寝巻の上から胸を押さえた。

「ジョージィさんの莫迦……」

疑惑の寝台に横になれるはずもない。寝台を下りたハーニャは、肌布団だけを持って客間に戻った。窓の横にちょうどよい大きさの長椅子を見つけ、肌布団にくるまってそっと横になる。誰もいない部屋の中はしんと静まり返り、心細く人恋しさが募る。

「早く、帰って来るといいのに」

そうしたら問い詰めて、ずっと朝まで離さないのに。

すぐ隣の総督府に戻って来ているのか、それともまだ港で指揮を取っているのか。

「ほんのちょっとだけかっこよかった。本当にほんのちょっとだけだけど」

多くの人に囲まれて話す姿はハーニャの知らない男だった。不機嫌で仏頂面で、面倒臭がり屋で短気で意地悪。だが、あそこにいた男は、ハーニャの前で怒ったり意地悪したり笑ったりする恋人のジョージィではなく、クラリッセ大公であり総督だった。真剣な顔で周りと話し、手振り身振りを交えながら次々に指示を与える男が少しだけ意外で、そして眩しかった。正直な話、総督だ大公だと言われてもそこまでぴんと来るものがなかったハーニャだ。執務室で会った時にも「庭師のジョージィの外見が変わったくらいにしか、感じていなかった。

「でも総督なんだよね、ジョージィさん」

地位と責任を与えられた男は、それに見合うだけの力量と才能を持っていた。

「なんか悔しいかも。僕だけのジョージィさんじゃなくなってしまうみたいで」

だからと言って、寂しさが勝っているわけではない。働く男の姿は、本当に立派で眩しくて、これが自分の恋人だよと自慢したくなるくらい誇らしい。だが……。

「浮気は嫌だよ……」

まだ子供で経験も浅い自分に満足出来ないのだとしても。鼻の奥がツンとする。

「頑張るから……僕頑張るから、だから早く帰って来て」

窓の外は夜。ハーニャは総督府の方から漏れて来る光を見ながら、そっと呟いた。


「──ハナ？　ハーニャ」

温かい何かが鼻の頭を擽《くすぐ》る気配と、揺り動かされる手。そして耳の奥にまで響く声に、ハーニャはゆっくりと瞼を開けた。

「ん……──ジョージィさん？」

「こんなところで眠ると風邪を引くぞ」

長椅子の前には膝をついたジョージィがいて、ハーニャは目をぱちくりと瞬かせた。

「もうお仕事終わったんですか？」

「終わった。いや終わらせた。どうせ朝までかかっても終わりはしないんだ。それなら日を改めた方がいいだろうということで全員の意見が一致して解散して来た」

誰も彼もが働き詰めの濃い一日だった。その前からの一連の出来事を考えると、やっと片付いたという気持ちも大きい。破壊された船やジャッカスの身柄など、急ぎ処理しなくてはいけないところまで終わらせて、ようやくお開きになったところだ。既に日付を過ぎて随分経つ時間だ。邸の中で起きているものは、主の帰りを待つ遅番の召使や不寝番だけしかいない。

「お疲れ様でした。それからお帰りなさい」

「ただいま」

ハーニャはのそのそと起き上がり、椅子の上に座り直した。いつもの煌びやかな総督服ではなく、上質な平服を来た男の髪は少し濡れた跡がある。

「お風呂使った？」

「向こうで使った。さすがにあのままじゃ、何もできなかったからな。お前の髪からいい匂いがする」

「ジョージィさんと同じだよ。同じものを使わせて貰ったんだから」

「そうか？　だがハナの方が絶対にいい匂いだ」

すんと鼻を頭に埋められ、ハーニャは身じろぎした。その時になって初めてハーニャは、この部屋にいるのが自分と男だけではないことに気が付いた。暖かいものが膝の上に触れたと思ったら、男の横に座っていた大きな犬が背伸びするようにして立ち上がり、ハーニャの顔を舐めたからだ。

「え？　ええっ？　リンジー?!」

名を呼ばれた犬は、それはもう嬉しそうに激しく尾を振り、男とハーニャの顔を何度も交互に見つめた。

「うわ……本当にリンジーなんだ。おっきくなったねえ」

ハーニャが知っているリンジーは、膝にも届かない小さな仔犬だったが、今のリンジーは立ち上がればハーニャの肩に手が乗るほどの大きさだ。年を取ったとは言え、毛艶もよく元気な様子にハーニャは安心して、ぎゅっと犬を抱き締めた。

「僕をちゃんと覚えててくれたんだ、ありがとうリンジー」

「リンジーは賢いからな。匂いを嗅がせればすぐに思い出した」

「匂い？　……それどういうこと？」

「前に総督府にお前が来た時、頭から被っていた敷布があっただろう？　あれは今リンジーの寝床だ」

「ジョージィさんっ！」

ハーニャは思わず声を上げていた。敷布と言えば、その上であれこれした記憶が蘇る。

「なんでそんな恥ずかしいものを取っておくんですか！　さっさと洗濯してしまいましょうよ！」

「洗濯はしたぞ。こいつがお前を思い出せば用済みだからな」

その洗濯されて庭に干されていた敷布を、リンジーが自分で引っ張り落として寝床に持ち込んだのだからしょうがないと男は言う。しかも、

「リンジーの気持ちはよくわかる。お前の匂いは本当にいい匂いだからな」

そう言ってまた近づけられた顔に、今度は羞恥で身悶えしたくなったハーニャである。だが、敷布という言葉に、はっと男の顔を押し退けた。問い詰め、確かめなければならないことがあるのだ。それを有耶無耶《うやむや》にしたままでは気持ちが落ち着かない。

「でも！　さっき寝室に髪の毛が落ちてました。あれはどういうことなんですか？」

「髪の毛？　俺のだろ」

「違います。金色だったもの」

「金色？」

「ジョージィさん、誰かと——ええと寝たんじゃないですか、この上で。浮気？」

「はぁ？　莫迦言うな。ここんとこ忙しくてずっと仮眠室だったんだぞ。そんな暇あるか」

「暇があったらするんだ？」

つんと横に逸らされた細い顎に、ジョージィのこめかみがぴくりと青く浮き立つ。

「てめ……ハナ、言葉尻を捕らえるな」

「だってベルトランさんが」

「ベルトラン？　なんだってアマンダの名前が出てくるんだ」

「だって、髪の毛、金色だし、仲良しだし。ぎゅって抱き着いてたし、ジョージィさんだって抱き締めて笑ってたし」

「あいつはただの昔の友人で、それ以上の関係はこれっぽっちもない。濡れ衣もいいところだ」

憮然とそう言い放った男は、ハーニャの腕をがっしりと摑んだ。

「って言ってもお前は信用しないだろうからな、ちょっとこっち来い、ハーニャ」

男はハーニャを連れて寝室に戻った。

「お前が見た金髪はこれのことか？」

「――そうです」

男の手が拾い上げた金色の髪。唇を尖らせてむすりと肯定したハーニャだが、それを見た男はそれはもう嬉しそうに笑ったのだ。

「そうか、そうかハナ。お前、嫉妬したんだな。俺が誰かをここに連れ込んで抱いたんじゃないかと思って。そうか、そうか、だからあんな椅子の上で寝てたのか。それにハーニャ。この毛だけが理由じゃないだろ？　お前、勝手に帰った日、アマンダが俺に抱き着いたのを見たんだな？　それで嫉妬したと」

「だって、ジョージィさんがいつまで経って戻って来ないから」

「そうか。嫉妬したのか」

「ちょっ、ちょっとジョージィさん！」

何が楽しいのか、ハーニャを抱き上げて笑う男に夕日色の目が丸くなる。ひとしきり笑って満足した男は、ハーニャを抱き締めたまま寝台の上に倒れ込んだ。そしてそのまま、ハーニャの上から顔を見下ろし言った。

「この毛の持ち主はここにいるぞ」

「ここ？」

「お前、肝心なことを忘れてるだろう。リンジーの毛の色は何色だ？」

「あ」

ハーニャは目を大きく見開いた。琥珀《こはく》色に輝く長い毛。確かにリンジーなら条件にぴったりだ。

「こいつは寝床があるくせに、たまに寝台の上で寝るんだ。大方《おおかた》、今日も邸に誰もいないのをいいことに昼寝でもしていたんだろう。なあ、リンジー」

笑いながら名を呼ばれた大きな犬は、それを上ってよいとの許可に受け取ったのか、勢いよく布団の上に飛び乗って来た。年を取ったとは思えぬ軽々しい動作である。そのままリンジーはハーニャの顔をぺろぺろと舐め回した。

「本当にリンジーの毛？」

「本当に本当だ。疑い深いやつだな、お前は」

ジョージィはハーニャの鼻をぎゅっと摘んだ。

「そんなに疑うなら鑑定に出してもいいんだぞ。首都の研究所にでも持って行けば、きっちりと俺の無実を証明してくれるはずだ。どうする、ハナ？」

ハーニャは寝台の横で長い尾を振りながら遊んで欲しそうに顔を見ているリンジーをじっと見つめ、それからジョージィを見て、こくりと頷いた。

「わかった。ジョージィさんを信じる」

「そうか」

目を細めて露骨にほっとした男だが、ハーニャの方はもっと安心した。

「そっか……リンジーだったんだ」

それなら許せる。ほわりと安心したハーニャは、手を伸ばしてぎゅうっと犬を抱き締めた。

「おいコラ、そこは俺に抱き着くのが常道だろうが」

「いいの。だって僕、リンジーが大好きだもん。ごめんね、リンジー疑ったりして」

謝るのは疑われた自分に対してではないのかと、文句の一つも言いたいジョージィだが、あまりにも嬉しそうなハーニャに言葉に出して言うのをやめた。それくらい、今のハーニャは全身から力が抜け、とても嬉しそうな顔をしていたのだ。

しかし、黙って見守っているのにも限度がある。元来気が短い男は、せっかく二人だけのためにお膳立てされた夜を無駄にする気は、欠片も持ち合わせていない。暫くはハーニャの好きにさせていたが、いつまで経っても離れようとしない一人と一匹に、痺れを切らし、ハーニャの襟首を摑んで自分の方へ引き寄せると、

「お前はもう寝ろ。明日になったらまた会わせてやる」

そう言ってリンジーを寝室から追い出してしまった。

そして。

「ようやくだな、ハナ」

「——うん」

リンジーの代わりに上から覆い被さって見下ろす男の笑みに、ハーニャは素直に頷いた。そう、ようやくなのだ。時間を気にすることなく、二人で過ごすことが出来るのは。

それまで犬を交えてほのぼのとしていたはずの寝室は、今や二人だけの世界を守るように甘く、優しい雰囲気に包まれていた。

「ありがとう。僕を助けに来てくれて。それからごめんなさい、心配かけて」

「本当に驚いた。胆が冷えるかと思ったぞ。なんでそんなに危ない目にばっかり遭うんだ。お前に何

かあれば俺は――」

ジョージィの声は震えている。ぎゅっと抱き締める腕の中で、ハーニャはもう一度「ごめんなさい」と呟いた。

「ずっと閉じ込めてたくなってしまうだろうが」

息が苦しくなるほどの抱擁は、まさに不安と安堵の表れだ。無事を確認するように何度も何度も頭を擦り付ける男の望むまま、ひとしきり抱き合って、ハーニャはそっと埋《うず》めていた胸から顔を上げた。

「ね、偽物のクラン博士はどうなったんですか？」

「総督府の一室に監禁されている。獣が見張っているから逃げるのはまず無理だ」

「獣？」

「ああ。明日になればお前も会うことになる。砂色の髪の獣だ」

砂色と聞いてまず思い浮かぶのは砂浜、それから金色の瞳と莫迦にしたような薄笑いに、頬を抓《つね》る細い指と頭に落ちる拳。そして時々撫でてくれる手の持ち主。

「もしかして――兄様？」

正解だと苦笑する男の顔が語り、ハーニャは申し訳ないと頭を下げた。

「来てたんだ……。じゃあやっぱりあの攻撃は兄様だったんだね。うわあ……本当にごめんなさい。でもどうしてリスリカ兄様が？」

「あの偽学者は盗んだ首飾りを国外に持ち出すつもりだったらしい。騎士団は犯人を追っていた」

「じゃあ兄様はそのために来たんですか？」

ジョージィは苦笑した。窃盗犯を追うためというのは口実で、堂々と従弟《いとこ》に会うために窃盗犯追討の任を受けたというのが真相なはずだ。

「首飾りは見つかったんですか？」

「アマンダの別荘からは見つからなかったが、さっき警備隊長から見つかったと報告が来た。奴がベルダに送るつもりで出した手紙の中に入っていたらしい。橋が封鎖されていたことと、逓信馬車がいっぱいで後回しにされていたのが俺たちには幸運だった。理解出来たか？」

素直に頷いたハーニャの額に、ジョージィは小さな口づけを一つ落とした。今のリスリカの興味は偽学者に向いているが、明日になれば年下の従弟を構い倒すのは明白だ。お預けは二度と御免だと思う男としては、邪魔が入る前に何としてでも二人だけの夜を過ごしたかった。

「あ、僕の馬は？」

「俺の別荘で保護している。それよりハーニャ」

ジョージィは人差し指でハーニャの口を指差した。

「今日はもうお喋りはいらない。明日になったらたくさん話そう。なんでも教える。その代わり今夜は俺に全部をくれ。お前の体で教えてくれ。どれだけお前が俺を好いているのかということを」

話したいこと、聞きたいことはいろいろある。ベルトランのことやジャッカスのこと、船のことなど。だが、男の切実な願いは、すとんとハーニャの胸の中に収まった。

焦った男がなんだか可愛く思え、男の頬に手を添えてほわりと微笑む。

「――いいよ、ジョージィさん。ジョージィさんと話をしよう」

体と体で。

下りて来た唇に、ハーニャはそっと目を閉じた。

（ジョージィさん、好きだよ）

これからどんな痛みが待ち受けていたとしても、今夜は絶対に途中で止めたりしない。


ハーニャは汗に塗れた顔に、苦痛だけではないほうっとした表情を浮かべていた。

「……入った……？　全部入った？」

汗に濡れた額には前髪がぺたりと張り付き、零れ落ちた涙はまだ目尻の端に滴を浮かべている。散々吸われた唇の赤さだけが際立ち、少し肌が白く見えるのは、体内に今まで受け入れたことのない男の雄を完全に埋め込んだ時の衝撃の強さを物語っていた。

儚げで、頼りなく、慈しんでやりたいと願いながらも欲望はそれを上回り、情欲を張らせたジョージィの性器は、悲鳴を上げる体を割り割《さ》いて、貫いた。

「ああ、繋がっている。全部入ってるぞ。ほら」

男は敷布を握り締めているハーニャの手を取り、繋がっている箇所に触れさせた。少年の薄淡い繁みから下へと辿り着いたそこは、男の黒い陰毛で覆われ、それだけで密着しているのがわかる。そこからさらに下へと手を回し、尻の狭間を指で触れさせた。

「わかるだろう？　ここが俺とお前が繋がっている場所だ」

「なんか、変な感じ」

太い男のものを呑み込むために、いっぱいいっぱいまで広げられた穴はつるりとした感触で、直《じか》に触れたことのないハーニャには自分の体という実感がないほどだ。

「こうするともっとよくわかる」

男は少し腰を引き、自身を外に引き出した。潤滑油で濡れた雄芯が外部に現れ、ぬめるそれに触れたハーニャは、その熱さと大きさにびっくりしたように目を瞠《みは》った。

「驚いたか？　だが、これがお前の中に入っているんだ」

幹に触れさせたまま少し引き出し、自分の中に真実、男の体の一部が入り込んでいることを伝えた。

「……ジョージィさん、なんか……なんか僕、変かも……」

「何が変なんだ？」

「だって、触ってるだけなのにもっと触っていたいと思ったし、それにまた中に入れて欲しいと思ってしまったから」

何という殺し文句なのか。それまで年長者として、それから経験者として余裕を持っていたジョージィの中で、何かが切れる音がした。それはおそらく、最後の最後まで保っていた理性の一本がとうとう切れてしまった音だった。

「ハーニャ」

男は引き抜いていた雄芯を、再び勢いよくハーニャの中に挿し込んだ。

「っ……！　あ、あっ……ジョ、ジョージィさんっ」

そうして激しく抜き差しを繰り返す動きにつられ、ハーニャの体ががくがくと揺さぶられ、腹の上では滴を垂らしながら小さな性器が揺れている。触らなくても十分なほど立ち上がったそれを、ジョージィは自分の手と重ねた少年自身の手で握らせた。

「しっかり持っていろ。一緒に達《い》くぞ」

「……んっ、わかった……よ」

熱情に浮かれ、恐らく何もわかっていないながらハーニャは、男に言われた通りに自分のものを握り締めた。揺れる体に合わせて、握っているだけでも自然に擦り上げられて刺激となる。

「ハーニャ……ッ」

激しい抽挿に、肌と肌がぶつかり合う音が響く。大きく開かれた脚の間を陣取るジョージィは、最初は正常位で、それから今度は繋がったままハーニャの脚を掴んで寝台の足元へ移動し、自分は床に立ったまま、再び激しく抽挿を繰り返した。立っている分、男の側には動きに余裕があり、散々舐めた乳首を摘んで刺激を与え、もっと奥へ奥へと突き立てた。

その頃になるともう、ハーニャの口から出るのは声ではない。「あ」とか「んっ」とか短音が音として漏れて来るだけだ。男を咥え込む内部は、黙って収まっているだけでも十分な締め付けで刺激を与えてくれたが、動き出した時の反応はまた違う。まるで螺旋《らせん》状にめぐらされた筒の中を動いているような、そんな錯覚を与えられるほど、根元から先端までのすべてが快感に支配されるのだった。

いつまでもこの体を味わっていたい。しかし、限界もまた近い。

男はハーニャの白い脚を高く抱え上げると、深く体を折り倒し少年に顔を寄せた。

「ハーニャ、俺を見ろ」

薄らと開かれた濡れた夕日色の瞳。

「あと少し、俺だけを見ていろ。出来るか？」

「うん……出来る。ジョー……さん、気持ち、いい？」

「天に昇れそうなほど気持ちいい」

ハーニャは腕を伸ばし、「よかった」と微笑みながら男の首に回した。

「――……ジョージィ……――」

そうして浮かべた微笑に、はっと息を呑んだのも一瞬。

「ハーニャ、ハーニャ……！」

一度強く抱き締めたジョージィは、かつてないほど激しく腰を動かした。ついて行こうと無意識に動くハーニャの腰をしっかりと支え、密着したまま迎える射精の瞬間、生まれて初めて頭の中が真っ白になるということをジョージィは知った。

ハーニャの方も、どくどくと温かいものが腹の中に満ちて行くのを感じ、薄らと微笑んだ。

（やっとジョージィさんと一つになれた……僕、ちゃんと……）

ハーニャの性器もまた熱を吐き出していたのだが、自身にはまるで自覚はなかった。今まで感じたことがないほどふわふわと幸せな思いに包まれるようにして、そのまま意識が遠のいて行く――。

白い飛沫は少年の体の首近くまで飛び散り、赤く染まった体と白濁に再び扇情を覚えた男だが、

「ハーニャ？　眠ってしまったのか？」

満ち足りた表情で眠る少年に、笑いながら自身を引き抜いた。ずるりという音を立てて抜かれた性器と一緒になって、白いものが零れ落ちて来る。ジョージィは、大きな仕事を終えて眠るハーニャの安らかな寝顔を眼下に微笑みながら、汗で額に張り付いた髪を指先で払った。

濡れた手拭いを持って来て体を拭いながら思い出すのは、寝込んでしまったハーニャを看病したあの一夜。同じように意識のない体を拭うのでも、想像で欲望を抜くしかなかったあの時とでは、二人の関係も距離も違う。そして、もう一つ違うものがある。

汗を拭うためにひっくり返した背中には、己の愚かな行為から生じた出来事で作られた傷が、無残な跡となって幾つも残されていた。薄らと色を変えた縫合の痕跡。何度も斬《き》られた跡に、男は目頭が熱くなるのを感じた。

「これは俺の罪だ。そしてお前の心だ」

ジョージィは傷跡に何度も口づけた。愛撫ではなく、ただ愛しくて。ただ敬意の心を持って。

深い眠りにつく少年を愛おしげに見下ろして、最後に額に口づけた。

「ハーニャ、良い夢を」

そうして寄り添うように潜り込んだ布団の上に、何かが「終わった」気配を感じて入り込んで来たリンジーが飛び乗った。しばらく足元の付近をうろうろしていたが、ちょうどいい場所を見つけたリンジーは、その場に丸くなって瞼を閉じた。

「リンジー、お前な……」

眠る犬は聞いていない。

ジョージィは大きくため息を付くと、もう何も言うことなく自分も眠りにつくために瞼を閉じた。外交交渉に偽学者に薬物に、宝石にリスリカ。明日はきっと忙しくなる。その前に得られた安らぎに、今は体を委ねたい。明日の朝、きっと一番に起きるのはリンジーに違いない。そうしてリンジーと戯れるハーニャを朝一番に見ることは、きっと世界で一番幸せに違いないと思いながら。

白い月が夜空を照らす。山の中腹に差しこんだ月光は、そのまま水晶の塊のすべてに光を降り注いだ。そうして十分に水晶の光で満たされた洞窟に、パリンパリンという小さく透き通った音が響き出す。一つ二つではない。十や二十でもなく、次々に響く音。それは卵が割れる音だった。

淵の底からゆっくりと浮上した真珠色の卵が割れる音。割れた中から飛び出したのは、同じ真珠色の濡れた羽を持つ蝶で、ふらりと舞い上がった蝶は壁や床に止まり、そっと羽が乾くのを待つ。

やがて最後の卵が弾け、すべての蝶で洞窟が埋め尽くされた頃、一羽二羽とゆっくり舞い上がり始めた。蝶は迷うことなく天井を目指した。月光が作る光の道を指して舞い上がり、そして――。

雨上がりのその夜。鏡湖は誰も見たことがないほど輝いていた。輝きの原因は夜空を渡る蝶。

七色の光を放つ真珠色の八枚羽を優雅に広げ、飛んでいく月蝶の群れ。それらはやがて思い思いの場所へと広がっていき、後に残されたのはただ静かな湖面を湛える湖だけだった。

開かれた窓に垂らされた白く薄い布。主たちの足元に丸くなって眠っていたリンジーは、微かな羽音にぴくりと耳を動かし頭を上げた。

二人分の寝息しか聴こえない寝室の中、薄暗い闇の中を舞い込んだ一羽の蝶がふわりと飛んでいる。羽を動かす度、落ちては消える七色の光の粒。ひらりひらりと八枚の羽を震わせながら部屋の中を一回りした蝶は、やがて再び夜の空へと出て行った。

老犬だけが知っている秘密の夜――。

新しい朝の始まり

眩《まぶ》しい朝の陽光が、窓辺に柔らかな陽だまりを作り出す。傍らで眠るハーニャは、まだすやすやと気持ちよさそうな寝息を立てており、半身を起こして見下ろすジョージィの顔には笑みが浮かんだ。

薄い駆け布団は少しずれ落ちて、肌理《きめ》細やかな白い肩も半分ほど露わになっている。人質になったり海に飛び込んだりと怒涛《どとう》の一日、いや半日だった。その疲れが残っているのだろう。

やっとのことで体を繋げることが出来た昨晩は、自分でも驚くほど激しくしてしまった自覚がある。誰も踏み入れたことのない体の中に自身を埋め込んだ時の感動は、未《いま》だかつてないほどの興奮をジョージィに与えてくれたものだ。貪りつくしてもまだ足りない。その結果の昨夜の痴態であり、今のハーニャの熟睡だ。その寝顔にどこにも事件の影響を受けた影がないことに安心しながら、ジョージィはそっと肩を揺らした。

「ハーニャ、朝だぞ」

一度の声掛けでは起きず、数回耳元で囁《ささや》いてようやくハーニャの瞼《まぶた》が開かれた。

「――ん、ジョージィさん？　おはよう」

「おはよう、ハーニャ。気分はどうだ？」

「ん、たぶん大丈夫だと思う」

「体は？　痛かったり辛かったりしていないか？」

「少し。でもちょっとだるいだけで平気」

ほんのりと赤く染まる頬は、ジョージィを受け入れた場所を思い出してのことだろう。本人は平気だというが、そんなはずはない。ただ、ジョージィはハーニャの言葉を優先した。

「そうか。どこも悪くないならいい。だが無理するなよ」

「うん、ありがとう」

そっと抱き起こしたハーニャは、受け答えこそしっかりしているもののまだ少し寝惚《ねぼ》け顔で、昨夜の余韻を残したまま、ほわりと蕩けている。

そんな様子を見て手を出さないでいられるほど、ジョージィは品行方正な紳士ではない。ニヤリと笑みを浮かべると、自分を見上げるハーニャの瞼に唇を押し当てた。

「悪い子だな。そんな顔をして。俺を誘っているのか？」

情事の後、そのまま眠り込んでしまった二人は裸のままで何も纏《まと》っていない。薄い胸を飾る乳首はまだ熟れた苺のように赤く膨らみを持ち、体中に散らばるのは淡い花びらのような痕跡だ。

からかわれたハーニャは、ハッと自分の体を見下ろし、すぐに口の上まで掛け布団を引き上げた。

「誘ってなんかないですっ。ジョージィさんの意地悪」

そう言って目元を赤く染めて睨《にら》むのだが、そんな他愛のない仕草さえも、名実共に愛するものを手に入れて浮かれる男の目には、誘っているようにしか見えない。花の香りと甘い蜜に惹かれる蝶のように、本能で吸い寄せられてしまう。

「意地悪なんかじゃないぞ。本気でお前を欲しいと思ってるだけだ」

言いながら、こめかみから頬にかけて口づけると、ハーニャは擽《くすぐ》ったそうに身を捩《よじ》った。

「威張って言うようなことじゃないと思う。ねえくすぐったいよ、ジョージィさん」

冗談だと思っているのか、肌に寄せる顔を笑いながら手で押し返すハーニャの頭を抱き込んで、ジヨージィは呟いた。

「あー、このまま一日お前と寝て過ごしたい」

そして柔らかな甘い体を舐《な》めて齧《かじ》って、もっともっと愛したい。もっといろいろな体位で繋《つな》がって喘がせたい。想像するだけでく掛け布団に隠れている下半身が欲望を兆してしまうのだから重傷だ。

「仕事に行かなきゃいけないんでしょう？」

「まあな」

昨日の後始末がまだ残っている。これからまだ暫《しばら》くは掛かり切りになるはずだ。ハーニャを残して行くのは後ろ髪を引かれる思いがするが、満足に会えなかった昨日まではましだ。

（それに偽博士の取り調べには立ち会うと言ってしまったからな）

それより先に沈めてしまった船の件で首都とやり取りする必要もある。薬物は警備隊に任せるとして、政治向きの話はジョージィにしか出来ない仕事だ。

「総督のジョージィさんにしか出来ないことなんだから、頑張って」

知らず眉間に寄っていた皺をハーニャの指が伸ばし、その指を取ってジョージィは口づけた。

「そうだな。しっかりと仕事を済ませて戻ってから、褒美を貰《もら》うとしよう」

「褒美？　褒美をあげるなんて言ってませんよ」

「くれないのか？」

ハーニャは不思議そうにコテンと首を傾げた。

「——ジョージィさんは何が欲しいの？」

「わからないのか？」

「うん。教えて」

ジョージィはそれはもう下心満載な笑みを浮かべると、ハーニャの鼻先に指を押し付けた。

「お前」

「僕？」

「古今東西、男が求めるものなんて決まってる。裸で待ってる可愛《かわい》い恋人、これが一番の褒美だろ」

「それはっ！」

真っ赤になったハーニャを、そのままジョージィは寝台に押し倒した。そして真上から見下ろし、人差し指で鼻、目、口、喉、胸と順に辿《たど》って行く。白い肌はしっとりと潤いを持ち、指先が滑るたび息を呑むハーニャが嗜虐芯をそそる。

「ほら、お前も感じて来ただろう？　触ってやろうか？　それとも——ここを咥《くわ》えてやろうか？」

ここを、と布団の上から撫《な》でた下半身にハーニャはびくりと体を震わせた。覚えたばかりの快感は、ほんの少し触れるだけでも刺激に違いない。

「ジョージィさん……」

潤んだ瞳で見上げても、情欲を煽《あお》るばかりだと初心《うぶ》な少年は知らないのだ。

「さて、どこから始めようか」

ここか？　と乳首を舐めれば「んっ」という声。脇腹を撫でれば「や」と逃れようとする。

（お前な……もう少し抵抗しろ）

執務を控えて本気で抱くつもりのなかったジョージィだが、こうまでされると期待に応えなくてはいけない気になってくる。中に入れてしまうか、それとも手だけで済ますか。

(駄目だ。中に入れたら俺が止まらない)

そんなことにでもなれば、ボイドは勿論、警備隊長まで公邸に乗り込んで来るだろう。ならばやはり、二本まとめて軽く扱《しご》いて放出してしまうか——。そう考えていたジョージィだったのだが。

——ぐぅ。

聞こえて来た音に「は？」と眉を寄せた。聞き間違えでなければ、音の出処は自分の腹の下で、つまりはハーニャから聞こえて来たもので——。

「……ハナ、お前……。腹が空いたのか？」

「……ご、ごめんなさい。あの、僕も頑張ったんだけどお腹の方が我慢出来なかったみたいで……」

さすがに雰囲気にそぐわない音色だとわかっているのか、ハーニャは真っ赤になった顔で申し訳なさそうに首を竦《すく》めている。

「あの、怒った？　ジョージィさん」

「怒る？　なんで？」

「だって、僕、ジョージィさんを止めてばっかりだから、気に障《さわ》ったかと思って」

お預けのことを言っているのだと気付き、ジョージィは見えないように口角を上げた。色恋の機微に疎かったハーニャの進歩は、もっと楽しい未来を約束しているようなものだ。

「別に怒ってない。それに本気でやる時にはお前が何と言ってもやめないから気にするな。それより腹が減ったんだろう？　食べに行くか」

軽やかに寝台から降りたジョージィは、ズボンを履いた上に光沢のある銀色のガウンを羽織り、同じく寝衣に包んだハーニャをそのままひょいと抱き抱えた。

「え、ちょっとジョージィさん！　僕、自分で歩けますって」

ぽかぽかと肩の辺りを叩かれるが、下ろす気のないジョージィは抗議をものともせずに扉を長い足で蹴って開けながら、廊下を食堂に向かって歩き出した。明け方まで一緒に寝ていたはずの犬のリンジーは、日課の朝の散歩に出掛けたらしく近くに姿は見えないが、ジョージィが総統府で仕事をしている間、ハーニャの相手になってくれるだろう。

深々と絨毯《じゅうたん》が敷かれた静かな廊下を上機嫌で歩くジョージィの姿に、使用人たちは驚きつつ、腕の中にいる少年に微笑《ほほえ》ましげな目を向けている。大公の――総督の機嫌の良し悪《よあ》しを握るのがこの少年なら、いくらでも仲良くして貰って構わない。昨夜彼らの間に何が起こったのか、使用人たちの間では既に知らぬものはないまで広がっていたのだ。

「滋養のある飲み物を用意するようにボイドに言いつけておいた。甘くて美味しいぞ。それを飲んで今日は大人しくしていろ」

「ジョージィさんって、なんだか人が変わったみたい」

「そうか？」

「うん。だってすごく優しい。前は意地悪だったのに」

「ついさっき意地悪と言われた気がしたけどな」

ハーニャは赤くなって横を向いてしまった。片手で頭を軽く撫でるジョージィは本当に上機嫌である。意地悪でも優しくでもどちらでも、今は甘い時を過ごしたい。料理も自分が食べさせてやれば、どんな顔をするだろうかと楽しみに思いながら、食事の用意がされているはずの部屋の扉を開いたジョージィは、開いた状態のまま入り口でぴたりと足を止めた。

そして、大きく深呼吸して低く声を発した。

「――リストベルネ師団長、どうしてお前がここにいる？」

「リストベルネ師団長って……ええっ！　リスリカ兄様!?」

視線の先、長い食卓の端に座っていたのは、公邸にいるはずのない男、ジョージィの要請で派遣された国主の馬車に乗ってやって来たリスリカ＝リストベルネだった。ジョージィと大して年齢の変わらない青年は、腕に抱えられているハーニャに目を留めると、飲みかけの茶器を口元に当てたまま、「おや」とそれはもう楽しそうに榛色《はしばみ》の目を輝かせた。

「おはよう、ハーニャ。お前の大好きなリスリカ兄様だぞ。抱っこか？　仲がいいことで結構だ。二人ともそんなところに突っ立ってないで、早くこっちに来て座ったらどうだ？　ここの茶は絶品だぞ」

にこやかに笑みを浮かべるリスリカに、ジョージィの眉間の皺《しわ》は深くなった。頭の後ろで一括《くく》りにされた緩く波打つ淡い砂色の髪。「近寄るな危険」という看板を掲げているようには見えない繊細な造りの整った容貌。細身だがそれなりに身長のある彼は、従弟《いとこ》のハーニャとは似ているようには見えず、共通点は色素の薄い髪の色くらいだろうか。いずれ顔を合せてじっくり話をする必要があると思ってはいたが、まさか朝の一番に顔を合せるとは思ってもいなかった。

「誰の許可を得てここに入ったのかと訊《き》いているんだがな、俺は」

「許可も何も、私の行動を阻むことは誰にも出来ないぞ」

「国主でもか？」

「その国主の代理の指輪を持っている私に言う台詞じゃないな、大公」

薄く笑うリスリカの指に嵌《は》められているのは、羽を広げた蝶の指輪。国主が代理人に与える指輪だ。

「大公の要請で馬車を飛ばして来たんだ。労をねぎらうくらいしてくれてもいいんじゃないか？」

恩着せがましくよく言う。ジョージィは口の中で呟いた。島に行くのを止められていた彼が、渡りに船とばかりに従弟に会うために自分から売り込んだのは想像に難くない。

「まあ堅苦しいことはなしだ、クラリッセ大公。それよりハーニャ、昨日は災難だったな。大丈夫だったか」

「うん。海に落ちた時には怖かったけど、ジョージィさんがいてくれたから」

にこりと見上げるハーニャに、ジョージィは笑みを返し、そっと椅子に座らせた。

「そうか。それはよかった」

「それより兄様、どうして船を沈めてしまったの？　助けてくれようとしたのはわかるけど、あれはやり過ぎだったんじゃない？」

「そうか？」

「そうだよ。おかげでジョージィさんの仕事が増えたし、それに僕も海に放り出されたし」

「怪物に食われなくてよかったな。きっと寝ていたんだろう」

トーストにかぶりつきながら軽い調子で言われ、ハーニャはぶるりと体を震わせた。

「寝てたんだったらなおさらだよ。兄様のせいで起きてしまったらどうするつもりだったの」

「その時は船の代わりに怪物を狙ってやったさ」

軽く言葉の応酬をする従兄弟同士を眺めながら、ジョージィは渋面を作って舌打ちした。

（ハーニャに余計なことを吹き込んだのはお前か、リスリカ＝リストベルネ）

想像でしかないが、幼い頃からハーニャにあれこれと作り話を聞かせては、怖がるハーニャを見て楽しんでいたに違いない。従兄を大好きなハーニャは、素直に作り話を信じて大きくなったのだろう。

だがそれよりも、だ。

「ハーニャ、先に食事だ」

ハーニャの目がリスリカに向けられているのが気に入らないジョージィは、給仕が運んで来た皿を自ら手に取りハーニャの前に置いた。途端にオレンジ色の瞳が喜びに輝き、ジョージィを見上げた。

「そら豆のポタージュだ！　僕、大好物なんです。嬉しいなあ」

「そうか。好きなものがあれば何でも言えよ。用意させる」

「さすが大公、太っ腹だな。じゃあ私は牛蒡《ごぼう》と人参《にんじん》の肉巻にしよう。塩よりも胡麻《ごま》ソースで頼む」

「あ？　今食べてるところじゃないか」

「だから夕食の希望だ」

「おい、まさかとは思うが、晩飯もここで食べるつもりなのか？　仲間の騎士のところに帰れ」

「遠慮する。今は休暇中だからな。誰が好き好んでむさい男の顔を見たいものか」

「だったらイル・ファラーサ局長の顔でも見てればいいだろうが」

「大公もエンが美人だって思うんだな。でも気をつけろよ。言ったら殴り飛ばされるぞ」

「誰が言うもんか。何度も殴られるのはごめんだ」

「なんだ、もう殴られた後なのか。ざまあないな、大公も」

あははと笑うリスリカに、不機嫌なジョージィ。そんな二人を見て、ハーニャはぽつりと呟いた。

「ジョージィさんと兄様、もしかして仲良くなれそう？」

「――ハーニャ、頼むからそんな想像はするな」

額を押さえたジョージィに大笑いするリスリカ。ハーニャの能天気さもこんな時には恨めしい。

あとがき

こんにちは。朝霞月子《あさかつきこ》です。本書をお手に取っていただき、ありがとうございました。

南国の島を舞台にしたファンタジー「月蝶の住まう楽園」から「月蝶の夢」にかけて二人の関係も多少は進展したかと思っておりますが、いかがでしたでしょうか。「まだまだナマヌルイ！　もっと二人の甘々イチャイチャを」というお声がありましたら是非お寄せください。ご希望に添えるよう善処したいと思います。

実は主役の一人のジョージィさん、俺様風にはしたものの、書き進めるうちになぜか受に弱いヘタレになってしまい、「あれ？」と首を捻《ひね》ることしきり。最初はもっと尊大で横柄で、鬼畜でカッコいい攻になるはずだったのですが……。「楽園」「夢」、どちらの話でもいいところや派手なシーンは全部他の人に取られてしまっているジョージィ。エン然《しか》り、リスリカ兄様然り。本当に「あれ？」です。ジョージィが彼らに勝っているものと言えば、地位と資産と色事遍歴……。でもハーニャへの愛と責任感だけは誰にも負けないから大丈夫！　ヘタレてばかりではなく、ハーニャを守るためにも、精神的にも肉体的にも今後の進歩を期待したいところです。

「月蝶の夢」では、初恋を自覚したばかりの少年らしいハーニャの戸惑いや嫉妬、それにお付き合いを始めたばかりの二人に訪れる試練――という内容をメインに書き始めたところ、最初の設定からは二転三転。これはいけないぞと焦りながら、何とか大団円に持って行くことが出来ました。ほっと一安心です。

晴れて恋人同士になったとはいえ、互いに仕事を持つ社会人。特に早く体を繋《つな》げたくて堪らないヨコシマな野望を抱くジョージィには、もどかしさもこの上なかったはず。でも最後にはちゃっかりしっかり、可愛いハーニャを食べてしまうことが出来たので、満足していることでしょう。遠慮なく欲求を突きつけて来る男をこれからどうかわすかが、ハーニャに与えられた課題のような気がします。ちなみにベルトランはジョージィに好意を持っていますが、ジョージィはまるで気づいていません。ハーニャが嫉妬するわけです。

挿絵の古澤《ふるさわ》先生にもお世話になりました。ジョージィさんのビフォーアフターの見事なイラストににんまりとし、エンさんのカッコよさににやりとし、ハーニャの柔らかな髪質と色にほわりとし、癒されました。ありがとうございました。

タイトルの月蝶ですが、月蝶は卵生です。卵の中で育って、成体で生まれて来ます。月神様の見守る世界にはこんな不思議がいっぱいなのです。

こうして単行本として無事発行出来たのも、皆さまから頂いた感想や熱い声援のおかげです。これからもまた楽しくて幸せになれる話を書いて行きたいと思っています。ご縁がありましたら、またどうぞよろしくお願いいたします。

初出

月蝶の住まう楽園	２０１２年 小説リンクス８月号掲載作品
月蝶の夢	書き下ろし
新しい朝の始まり	書き下ろし

この本を読んでの
ご意見・ご感想を
お寄せ下さい。

〒151-0051
東京都渋谷区千駄ヶ谷4-9-7
(株)幻冬舎コミックス　リンクス編集部
「朝《あさ》霞《か》月《つき》子《こ》先生」係／「古《ふる》澤《さわ》エノ先生」係

リンクス ロマンス

月蝶の住まう楽園

2013年4月30日　第1刷発行

著者…………朝《あさ》霞《か》月《つき》子《こ》
発行人…………伊藤嘉彦
発行元…………株式会社　幻冬舎コミックス
〒151-0051　東京都渋谷区千駄ヶ谷4-9-7
TEL 03-5411-6431（編集）
発売元…………株式会社　幻冬舎
〒151-0051　東京都渋谷区千駄ヶ谷4-9-7
TEL 03-5411-6222（営業）
振替00120-8-767643
印刷・製本所…共同印刷株式会社
検印廃止

ISBN978-4-344-82813-1 C0293
Printed in Japan

幻冬舎コミックスホームページ　http://www.gentosha-comics.net